KB208694

피아노에 관한 생각

피아노에 관한
생각
버려지는

피아노를

만지며

책밥상

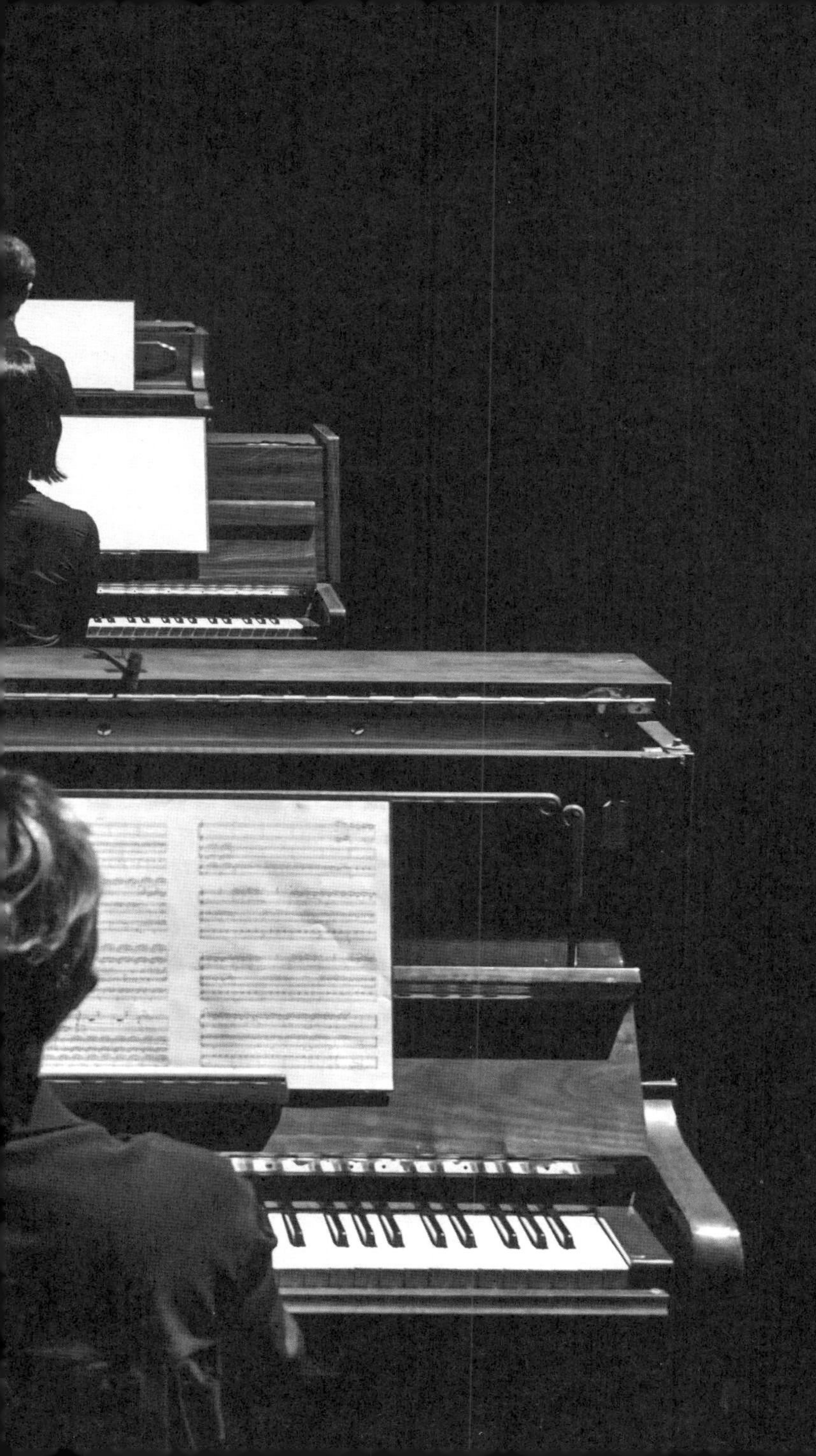

© wavefilm

다시, 피아노 앞에서 행복을 만나기를

피아노를 처음 만나 연주하기 시작한 지 30년이 넘었다. 짧지 않은 시간 동안 무척 가깝게 곁에 둘 때도 많았지만, 피아노를 통해 만드는 내 음악이 실망스러울 때는 쳐다보지도 않던 시간도 많았다. 하지만 어떻게든 나는 피아노를 만나러 돌아왔고 앞으로도 이를 반복하며 살게 될 것 같다. 그렇게 피아노는 점차 내 인생에서 빼놓을 수 없는 악기 이상의 것으로 자리 잡게 됐다. 생계를 이어갈 수 있게 해주는 직업 도구이자, 나를 표현하고 기록할 수 있는 연필이자, 일기장, 다른 예술가들과 소통할 수 있게 해주는 매개. 어느샌가 그 어떤 사람보다 오랫동안 만나고 있는 친구. 그리고 언젠가부터는 피아노가 나처럼 느껴지기도 했다. 큰 공연장의 멋진 그랜드 피아노가 아니라 연습실과 작은 무대에서 자주 등장하는 업라이트 피아노 말이다. 낯선 공간에 처음 보는 업라이트 피아노에 '너는 어디서 왔을까', '왜 여기 있을까' 마치 살아 있는 사람을 보는 것처럼 반가운 마음이 들기 시작했다.

하지만 나는 오늘날 한국에서 피아노가 사랑받기는커녕 층간소음 문제와 주택 가격 상승 등 여러 가지 이유로 셀 수 없이 버려지고 있다는 것을 알게 되었다. 최고의 피아니스트들이 연주하는 그랜드 피아노는 건재했지만, 우스갯소리로 한 집 건너 한 집에 있던 가정용 업라이트 피아노의 가치 폭락과 버려짐은 내 인생이 부정당하는 것 같은 사회 현상이었다. 30년 이상 공들여온 시간, 내가 공들여온 가치가 땅에 떨어지고 있다는 것을 피부로 느끼기 시작했다.

예고 없이 찾아온 팬데믹으로 집합이 금지되었

음에도 어렵게 지침을 따라 연 공연에서, 나는 이 시국에 무슨 공연을 하느냐는 비난의 시선을 느낄 수 있었다. 내 인생에 새로운 전환이 필요했다. 팬데믹이 끝나도 이제 고전적인 형태의 공연과 연주 무대에서 내가 자리할 곳은 점차 없어질 거라는 걸 인정해야겠다고 생각했다. 버려지는 업라이트 피아노처럼. 그렇게 떠난 팬데믹 속 뉴욕에서 나는 운명처럼 다시 피아노를 만나게 됐다. 그것도 피아노 발명가 바르톨로메오 크리스토포리가 만든 인류 최초의 피아노를.

크리스토포리의 피아노 앞에 서서 이 피아노가 견뎌온 인류 최악의 전쟁들과 질병과 고통의 긴 시간을 떠올리자, 나는 겸손해졌다. 그리고 눈앞의 피아노처럼 쉽게 포기하지 않기로 했다. 하프시코드의 따스한 안정감을 누구보다 잘 알면서도 솜털 같은 피아니시모와 천둥 같은 포르티시모의 세계로 나아간 크리스토포리처럼, 내가 기존의 피아노로 더 이상 새로움과 변화를 만들어낼 수 없다면 새로운 피아노를 만들어야겠다는 생각이 들었다.

한국에서 버려지고 있는 피아노를 떠올리며 작업을 시작했다. 피아노가 버려지고 있는 사회 현상과 버려진 피아노로부터 떠올린 악기 PNO를 만든 과정을 담은 공연 〈PNO〉는 2022년 한국문화예술위원회 공연예술 창작산실 올해의 신작에 선정돼 2023년 1월 대학로예술극장 대극장에서 초연되었다.

이 책에는 한국에 처음 피아노가 들어온 날로 시작해, 내가 피아노를 처음 만난 5살 때 피아노 학원에서의 어느 날부터 공연 〈PNO〉를 통해 새로운 악기를 선보이고 나서까지, 여러 피아노에 관한 이야기를 담았다.

어느 날 버려지는 피아노를 만지며 다시 떠올린 어린 날의 기억, 반복해서 연습했던 선율을 이 책을 통해 독자분들께 전하고 싶다. 여러 '피아노에 관한 생각들'로 인해 다시 피아노 앞에 앉아 음악과, 연주하는 즐거움을 되찾는 분들이 있다면 더할 나위 없이 기쁠 것이다.

피아노를 둘러싼 여러 이야기를 한 권의 책으로 온전히 묶을 수 있었던 것은 책밥상 전지운 대표님의 믿음과 응원 덕분이었다. 어린 시절 피아노를 만날 수 있게, 푹 빠질 수 있게 해주신 부모님께 깊은 감사의 마

음을 전한다. 그리고 업라이트 피아노 앞에서 고개를 떨구지 않고 그랜드 피엔오를 만들 수 있도록 변함없이 지지해 준 아내에게 가장 큰 사랑의 마음을 전한다.

2024. 좀처럼 여름이 물러나지 않는 9월에

김재훈

차례

Part 2

PNO

버려진 피아노로부터

Part 1

피아노에 관한 생각들

피아노와 함께한 시간

악기

'귀신통'이라 불리던

1900,

　　한국에 있는 피아노는 몇 대나 될까? 정확히 알수는 없지만 피아노 판매 업계에서는 여태까지 팔린 피아노를 다 합하면 300만 대에서 500만 대 정도로 추정한다고 한다. 버려지고 새로 만들어진 피아노들과 수입되고 수출된 피아노들까지 고려해도, 분명 수백만 대가한국 땅 어딘가에 존재한다는 이야기이다. 피아노 대수로 본다면, 우리나라는 피아노라는 악기가 매우 번성한나라라는 것을 부정하기 어려울 것 같다.

한국에서 피아노가 번성한 것에 대한 호기심은 자연스럽게 한국의 첫 피아노에 대한 궁금증으로 이어진다. 분명한 건, 한국이 피아노 발명지가 아니었으니 처음 우리나라에 도착한 피아노가 있었을 텐데, 어떤 피아노였을까? 이 커다란 악기는 어떤 사연으로 한국 땅에 도착했을까?

두세 가지 설이 있지만, 가장 설득력 있는 것은 선교사 사이드 보텀Richard Sidebotham(1874~1908) 부부가(한국 이름은 사보담이다.) 1900년 미국에서 가져온, 부인 에피의 피아노가 한국에 들어온 첫 피아노라는 이야기다. 이 피아노는 기독교 찬송가를 널리 가르치기 위한 목적으로 대구 사문진 나루터에 발을 디뎠다고 전해진다. 그런 피아노를 조선 사람들은 '귀신통'이라고 불렀다. 왜 귀신통이라고 불렀을까? 잠시 1900년 사문진 나루터에 살고 있던 짐 나르는 청년이 되어 피아노의 도착을 상상해 보자.

1900년 3월 26일, 봄기운이 완연한 따스한 햇살 아래, 대구 사문진 나루터는 특별한 날을 맞이하고 있었다. 미국에서 왔다는 큰 짐을 실은 배가 도착했고, 나

루터에 모인 인부들은 각자가 맡은 일들로 분주히 움직였다. 그중에서도 특히 눈에 띄는 것은, 조선의 안방에나 있을 법한 커다란 서랍장만큼 크고 무거워 보이는 나무통이었다. 스무 명 가까운 인부들은 어떻게 이 나무통을 옮겨야 할지 궁리하다가 밧줄과 나무를 이용해 상여 메듯 그 무게를 겨우 나누어 어깨에 지면서 조심스럽게 육지로 옮기기 시작한다.

고된 운반 중 잠시 인부들의 휴식을 위해 그 무겁고 큰 나무통이 내려놓아진 순간, 한 청년 인부는 호기심이 일었다. 궁금한 눈빛을 담고 거친 손으로 잘 재단된 상자의 표면을 쓰다듬으며 예사 물건이 아님을 알아차린다. 청년은 규칙적인 나뭇결을 따라 손가락을 흘려보내 본다. 상자의 구조와 범상치 않은 모양에 이끌린 그는 경첩이 달린 부분을 슬그머니 열어본다. 그 순간 수많은 흰색과 검은색 건반들이 그의 눈앞에 펼쳐진다.

청년은 건반 하나에 손을 올렸고, 그 순간 깊고 울림 있는 저음이 나루터에 울린다. 그 소리는 마치 다른 세계에서 온 듯 신비롭고 경이롭지만 무섭기도 하다. 청년은 순간적으로 손을 떼고 뒤로 물러났고, 낯선 소리와 그의 놀란 표정을 본 다른 인부들도 하나둘 모여들었다.

"이게 무슨 소리야?"

한 인부가 물었다.

"이 상자 안에 뭔가 있어……."

저음부의 진동을 느낀 청년이 대답했다. 모두가 숨을 죽이고 바라보는 가운데, 청년은 다시 한번 용기를 내어 건반을 꾹 눌러본다. "둥……" 하는 깊고 낮은 큰 소리가 다시 울려 퍼지고, 이번에는 용기 있는 더 많은 인부가 그 소리의 원인을 알려고 모여들었다. 몇몇은 부정 탄 물건이라며 겁을 먹고 도망갔다.

어느새 소문은 나루터를 넘어 마을로, 마을로 퍼져나갔다.

"귀신이 나무 상자 안에 숨어 소리를 낸대."

사람들은 소곤거렸다. 대구 남성로에 있는 사보담 선교사 집에 도착한 이후로도 어떤 이들은 호기심에 가득 차 그 소리를 직접 듣기 위해 모였을 테고, 어떤 이들은 두려움에 떨며 멀리서 바라보기만 했을 것이다.

"나 이외의 신을 믿지 말라"는 종교의 말씀을 음

악으로 전하기 위해 이 땅에 도착한 최초의 피아노가, 아이러니하게도 '귀신통'이라는 별칭으로 불렸다는 사실이 매우 흥미롭다. 보이지 않는 존재가 들리면서 사람들에게 주었을 믿음은 어느 문화권이든 종교와 음악이 가까운 이유를 설명해 준다.

게다가 당시 조선 땅에 있었을 대부분의 국악기가, 소리를 내는 조음 구조가 보자마자 이해할 수 있도록 노출된 데 반해, 피아노는 눈에 보이지 않는 통 안에 소리를 내는 액션^{건반을 누르면 해머가 현을 치게 하는 메커니즘} 부분을 가진 데다 저음부에서는 생전 들어보지 못했을 낮고 어두운 여러 음정을 만들었기에, 악기라기보다는 그 속에 귀신이 살고 있는 괴상한 통으로 충분히 오해받았을 법도 하다.

나는 내 피아노의 최저음 A1(계이름 '라')을 깊게 눌러보면서 다른 세상에서 온 것 같은 낮고 깊은 소리를 들어본다. 그리고 당시 사람들의 생경한 공포에 고개를 끄덕인다. 그로부터 피아노를 둘러싼 많은 사건을 지나 오늘날 한국은 세계적인 피아니스트들을 배출하는, 수백만 대의 피아노가 연주되는 나라가 되었다. 이렇듯 피아노가 한국에서 번성하는 시작에 '귀신통'이 있었다는 것을 생각하면, 1900년 3월 26일 사문진에 있었던 일은 단순한 악기의 도착이 아니라, 한국 음악 문화 형성에 엄청난 영향을 미친 중대한 문화의 도착이었다.

피아노

올라탄

증기 기관차에

 피아니스트와 개발자는 얼핏 보면 서로 다른 세계에 존재하는 듯하다. 두 직업이 일하는 공간과 활동 범위가 오늘날에는 일견 다를 뿐만 아니라, 예술과 기술이 각각 추상적인 세계와 현실적인 세계에 존재하는 것으로 매우 동떨어지게 느껴지기 때문이다. 많은 사람들이 AI가 새로운 미래를 가지고 올 거라 믿는 오늘날, 개발자의 작업 결과물이라고 해도 과언이 아닌 인공지능과 예술가가 대립하는 구도 또한 사회적 화제가 되어 심리적 거리감을 더한다.

하지만 두 직업의 영역인 예술과 기술은 가깝게 존재한다. 어원으로도 가까운데 예술을 의미하는 '아트'는 영어단어 '아르스ars'에서 유래했고 아르스는 그리스어로 '테크네techne'에서 나온 말이라고 한다. 고대에는 예술이 기예로서 기술의 한 부분으로 여겨졌다는 말이다. 꼭 어원에서 근거를 찾지 않더라도 예술과 기술은 고대부터 오늘에 이르기까지 서로 영향을 주고받으며 발전해 왔다.

특히 악기의 발전은 예술과 기술의 상호 작용의 훌륭한 예다. 먼 옛날 마오리족이 새의 뼈나 돌을 정교하게 깎아 만든 악기부터 현대 인공지능이 작곡하는 소프트웨어 악기에 이르기까지, 악기 발전과 기술은 떼려야 뗄 수 없는 관계를 보여주었다. 그리고 악기의 발전은 자연스레 다양하고 무궁무진한 음악을 발전시키는 원동력으로 작용했다.

나는 많은 악기 중에서 기술 발전이 음악에 미친 영향을 가장 상징적으로 보여주는 악기가 피아노가 아닐까 생각한다. 지금의 이탈리아 땅 토스카나 대공국의 피렌체에서 바르톨로메오 크리스토포리Bartolomeo Cristofori di Francesco(1655~1731)가 피아노를 발명한 해는 1700년경으로 1차 산업혁명이 일어난 1760년대보다 다소 앞서 있다. 하지만 피아노가 발명되고 난 뒤 왕실과 귀족의 전유물에서 벗어나 본격적으로 대중들에게 알려지면서 진화를 거듭하기 시작한 것이 1700년대 중반인 것을 감안할 때, 나는 피아노가 산업혁명으로 인해 점차 모습을 바꿔나가기 시작한 것이라고 생각한다.

1차 산업혁명이 일어나고, 증기 기관차가 생겨나면서 인간과 물류의 이동 거리가 늘어난 결과 각 지역 간의 거리는 한층 가까워졌다. 따라서 한정된 지역에서 한정된 재료로 피아노를 만들었던 이전과 달리, 여러 지역에서 다양한 재료가 모여 새로운 피아노를 만들 수 있는 환경이 갖춰지게 된 것이다. 기술의 발전으로 대량 생산 또한 가능해지면서 왕궁이나 귀족에 고용된 몇 명의 악기 제작자들에 의해 소규모로 생산될 수밖에 없었던 피아노는 각지의 우수한 부품과 재료들이 모여져 대량으로 만들어지며 진화해 가기 시작했다.

크리스토포리의 피아노를 살펴보면 외관과 구조가 지금의 피아노와 비슷해 보이기도 하지만, 스타인

웨이사가 대규모 피아노 제조 공장을 설립해 피아노의 완성 형태를 확립하기 전까지, 피아노는 여러 나라에서 다양한 연구와 실험을 통해 수많은 진화 과정을 거쳤다. 피아노 현과 액션 장치는 더욱 강하고 명료한 소리를 낼 수 있게 개량되었는데, 철강 생산과 제련 기술 발달로 더 긴 현의 장력을 버틸 수 있는 프레임이 제작됨에 따라 피아노의 저음 건반 개수가 많아지며 아래로 더 넓어진 음역을 연주할 수 있게 되었다. 음을 지속시키거나, 울림을 적게 해 음색을 다르게 표현할 수 있게 해주는 페달을 통해 작곡가의 표현 방식은 더 다채로워졌다.

모차르트의 피아노 작품들과 라흐마니노프의 피아노 작품에서 스타일에 커다란 차이가 느껴지는 이유는 고전, 낭만 시대를 거치며 확장된 표현 방식과 작곡가의 개성이 만들어내는 차이도 있지만, 서로 아예 다른 피아노를 두고 작곡했기 때문이기도 하다. 모차르트가 초창기 발명 상태에 가까운 피아노로 한정된 건반 위에서 중, 고음부의 아름다운 선율을 뒷받침하는 깔끔한 반주를 써 내려갔다면 라흐마니노프는 현대 그랜드 피아노와 비슷한 성능과 구조의 피아노로 확장된 저음과 페달 등을 활용해 강렬하고 웅장한 음악적 풍경을 구축했던 것이다. 인류의 기술이 폭발적으로 발전했던 산업혁명이 없었다면 피아노는 진화하지 못했을 것이고, 지금의 인기를 얻지 못했을 것이라고 생각한다.

산업혁명을 통해 대량 생산되기 시작한 피아노는 왕족과 귀족의 전유물을 넘어 교양 있는 중산층에게는 필수품으로 여겨졌고, 현대 업라이트 피아노로 이어지는 가정용 피아노가 개발되면서 유럽의 가정에서는 음악을 배우고 즐기는 중심에 피아노가 자리하게 되었다. 대량 인쇄를 통해 작곡가의 악보 또한 가정용 피아노로 널리 연주되며 피아노의 인기에 불을 붙였다.

그리고 이제 피아노는 유럽뿐만 아니라 증기 기관차와 배를 타고 전 세계로 퍼져나갔다. 1900년 미국인 선교사 사보담 부부의 집에 있던 피아노를 싣고 동양의 잘 알려지지 않은 나라로 향했던 배도 바로 그중 하나였다.

나의　**선생님들로부터**

　　　　처음 피아노를 만난 날을 어머니는 또렷이 기억하고 있었다. 어느 날 어머니는 나를 데리고 교회에 갔다가 교회 아래층 상가에 있는 한 동료 집사님이 운영하는 피아노 학원에 담소를 나누러 방문했는데 곁에 있던 내가 사라져서 찾아보니, 레슨실에 들어가 피아노에 붙어 떨어지려고 하지 않는 것을 발견했단다.

　　　　많은 한국의 어머니들처럼 어머니도 뜨거운 교육열을 가졌고 피아노에서 떨어지지 않았던 그날의 행동은 어머니의 교육열에 더욱 강력하게 불을 지펴, 곧 나는 피아노 학원에 다니게 되고 인생 첫 피아노가 집으로 배송되는 결과를 낳았다. 지금도 워낙 사이가 좋은 부모님은 피아노를 살 때만큼은 며칠간 의견 대립을 했다고 한다. 그도 그럴 것이 당시 새 업라이트 피아노 가격은 지금의 화폐 가치로 따지면 거의 천만 원에 육박했다.

약 200년 전 유럽의 가정에서 피아노가 폭발적인 인기를 얻을 수 있었던 것은 중산층의 교양을 증명할 수 있는 상징이기 때문이었다. 산업혁명의 대량 생산과 맞물려 대중 악기로 널리 보급된 피아노는 한국에서도 먼 시차를 두고 유럽에서와 똑같은 현상을 일으켰다. 영창 피아노, 삼익 피아노 등 국내 피아노 양대 제조사는 물론 대우 피아노, 아리랑 피아노 등 많은 사람이 잘 알지 못하는 군소 브랜드들까지 국내 피아노 제조업은 급속한 경제 발전에 따른 소비 증대와 교육열로 호황을 누렸고 도시 상가마다 피아노 학원이 없는 곳을 찾는 것이 더 어려웠다.

나는 그 선풍적인 현상 속 서울 변두리 한 상가

건물의 피아노 학원에서 처음 피아노를 만난 수십만 명 아이 중 하나였다.

　　폭발적으로 늘어난 학원만큼 수많은 학원에서 피아노 선생님들은 제각기 다른 방식으로 교육했을 법도 한데, 왜인지 그 시절 학원에서 피아노를 배운 선, 후배 또래들의 경험을 모아 보면 모두가 대동소이하다. 피아니스트이자 교육자인 하농Charles-Louis Hanon(1820~1900)의 연습곡으로 시작해 베토벤의 제자이자 리스트의 스승이었던 피아니스트 체르니Carl Czerny(1791~1857)의 연습곡을 떼기 위해 땀을 빼기 바빴다.

　　피아노를 치는 친구들끼리는 마치 모두가 같은 게임 속에 들어가 게임 미션을 하는 것 같았다. 느리게 치면 도무지 끝나지 않을 것 같은 무한궤도 같았고, 빠르게 치면 저 아래에서 높은 곳으로 올라갔다가 다시 내려오는 롤러코스터 같기도 했다. 현재 연습하고 있는 체르니의 숫자가 곧 피아노 실력의 지표였기에 피아노를 치는 친구들끼리는 "너 지금 체르니 몇 쳐?"가 인사를 대체했다.

　　악보의 빈 곳마다 연습하며 지워나가야 하는 동그라미, 별, 하트, 사과가 늘 풍족하게 주어졌고 끊임없는 반복을 지루하게 여기며 때로는 선생님, 어머니 몰래 두 개를 한꺼번에 지우거나 칠하기도 했다. 한 번 연습하고 계속 두어 개씩 몰래 지워 나가다가 바깥에서 몇 번 치고 있는지 다 듣고 있었다며 어디서 속이려 드냐던 어머니의 호통도 떠오른다. 지금과 달리, 그때는 체벌이 허용되는 분위기였다. 학원에 가면 왜 이렇게 손목과 허리를 똑바로 세우지 못하고 연주하냐며 작은 매나 자로 따끔하게 맞기도 했다. 그래서 바짝 긴장해서 연주하면 또 왜 이렇게 경직되었냐고 한 대를 더 맞았다.

모두가 똑같이 찍어낸 것 같은 연습실, 업라이트 피아노와 의자를 놓으면 꽉 차는 공간에서 한 선생님에게 같은 교재와 같은 방식으로 연습을 반복하고 있는 것이 당연히 모두에게 즐거울 수는 없다. 혼자 마음대로 피아노를 치는 것은 무척 즐거운데 피아노 학원에 가는 것은 매우 싫어했던 나를 보고 결국 어머니가 집 바로 근처에 살고 있는 새 피아노 선생님께 가보자고 했다.

나의 두 번째 피아노 선생님은 당시에는 드물게

재즈를 공부한 나이 지긋한 여성분이었다. 피아노에 대한 흥미를 잃지 않는 것이 가장 중요하다고 늘 강조하던 선생님은 쳐보고 싶은 곡이 있으면 언제든 악보를 가져오라고 했다. 당시에는 문구점이나 서점에 가면, 유행하는 음악의 악보가 연노란색 '피스'로 판매가 되었는데, 용돈을 백 원, 이백 원씩 모아 악보값 오백 원을 모을 때마다 고민 끝에 결정한, 가요, 애니메이션 주제가를 한 장씩 사서 나왔던 기억이 난다.

곧 나는 선생님이 즉흥적으로, 마법처럼 보여주는 즉흥 연주와 다채로운 반주법에 흠뻑 빠졌다. 다른 사람이 쓴 곡을 이렇게 원하는 대로 즐겁거나 슬프게, 화려하거나 때론 소박하게 바꿔서 연주할 수 있다니! 레슨을 받고 집에 돌아가면 선생님의 즉흥 연주를 어떻게든 기억해서 모방하려고 노력했다. 흉내에도 미치지 못하는 볼품없는 연주였겠지만 친구들에게 당시 유행하는 신나는 애니메이션 주제가를 슬픈 버전으로, 슬픈 드라마의 OST를 우스꽝스럽게 편곡해서 들려주는 것은 즐겁고 색다른 경험이었다.

하지만 어머니는 늘 노란색 악보만 펴놓고 장난치듯 피아노를 치는 내가 걱정이었던 것 같다. "피아노에 흥미가 있는 건 확실한 것 같으니 조금 더 제대로 배워보자"며 다른 개인지도를 권했다. 얼마 지나지 않아 피아노를 전공하고 교회에서 음악 전도사로 활동하는 남자 선생님이 집으로 찾아왔다.

"엉망이네, 엉망."

최근까지 쳤던 클래식 곡을 한번 연주해 보라는 말에 최근에 연습한 클래식 곡이 한 곡도 없다는 걸 깨닫고 죄지은 사람처럼 겨우 떠올린 쇼팽 연주를 주눅이 가득 든 채로 마치자마자 나의 세 번째 피아노 선생님이 한 말이었다.

선생님의 혹평에도 불구하고 나는 도망치고 싶지 않았다. 꽤 오랫동안 나는 선생님의 엄격한 교육을 받으며 여러 작곡가의 곡을 도전해 보았다. 도저히 피아노를 칠 것 같지 않은, 손등에 털이 듬성듬성 있는 솥뚜껑 같은 선생님의 손이 저음의 기본 화음만을 연주할 뿐인데도 평탄하면서도 평화롭고 부드러운 소리가 만들어지는 것을 바로 옆에서 듣고 볼 때는 정말 근사해 감동스러울 정도였다.

하지만 선생님의 너무 엄격한 교육 방식과 기대

때문에 교습 시간이면 나는 늘 주눅이 들었다. 무엇보다 내 피아노 연주의 목적이 취미와 전공 사이를 헤맸던 시간 동안에는 엄격한 피아노 교습은 연습에 동기를 부여하기 어려웠다.

한동안 받지 않다가 몇 년이 지나 다시 피아노 교습을 시작하게 된 건 역시 음악을 전공하기로 하면서부터였다. 작곡과 입시를 준비하기 위해서는 피아노 시험을 쳐야 했기에 개인지도가 꼭 필요했고 그 덕분에 여러 훌륭한 선생님들을 다시 만나게 되었다. 그중 지금도 가장 기억에 남는 선생님은 노년의 여선생님이다.

지긋한 나이만큼 많은 유명 피아니스트를 키워낸 선생님은 도리어 내게 더 아이같이 자유로운 마음과 자세로 연주하라고 말했다. 손목과 허리를 꼿꼿이 세우고 다소 경직되게 느껴지는 표준 연주 자세만이 옳다고 알고 있었던 내게 선생님은 누차 강조했다.

"사람마다 제각각 몸의 생김새가 다른데 어떻게 다 똑같은 자세로 연주하겠니? 네가 가장 편한 자세로 연주하되 스스로가 어떤 모습으로 연주하는지는 알아야 해."

그러고 보니 피아노를 시작하고 나서부터 그때까지 한 번도 내가 어떤 모습으로 피아노를 치는지 본 적이 없었다. 쉽게 촬영할 수 있는 스마트폰은커녕 컬러 화면의 핸드폰도 흔치 않을 때였다. 선생님은 그때만 해도 흔하게 사용되지 않던 비디오카메라로 내 연주 모습을 촬영하고 보여주었다.

영상에 보이는 내 모습은 그야말로 가관이었다. 너무 과도하게 어깨를 움직였고 손이며 팔꿈치를 들썩이며 연주를 하는 데다가 입시 준비로 머리 감는 시간마저 아낀다고 삭발까지 해버린 희한한 녀석이 온갖 기쁘고 슬픈 표정은 다 지으며 연주하고 있었다. "저 녀석은 좀 자제할 필요가 있겠는데요, 피아노랑 너무 안 어울려요"라는 풀죽은 자조에 선생님은 폭소를 터뜨렸다. 음악을 한껏 즐기면서 연주하는 너의 태도는 정말 좋으니 자제할 필요가 없다는 말과 함께.

꽤 긴 세월이 지나 가끔 관객들이 기다리고 있는 무대 위 피아노 의자에 앉는다. 대부분이 내 곡을 연주하는 무대이니 작곡가로서 자신감을 가지고 피아노 앞에 앉는 편이다. 하지만 '피아니스트 아닌 피아니스트'

로서의 나는 내 연주를 무사히 마칠 수 있을지에 대한 두려움과 그동안 해온 연습을 확신하지 못하는 마음에 휩싸이기도 한다. 그럴 때 나는 짧은 순간이지만, 눈을 감고 여태까지 만난 여러 명의 나의 피아노 선생님들을 떠올리며 좋은 말들을 기억해내려 한다.

꼿꼿하게 자세를 바르게 해서 연주를 시작할 것, 자유로운 마음으로 연주할 것, 보다 경건하고 신중한 마음으로 연주할 것, 그리고 누구보다 자신의 음악을 사랑하는 마음으로 편하게 연주할 것 등. 말씀 하나하나에 담긴 선생님들의 마음에 힘을 얻어 용기를 내어 건반에 손을 내민다.

결국 어떤 선생님의 방식도 같지 않았다. 그리고 어떤 선생님의 방식만이 특히 옳거나 그르지 않았다. 내게 필요한 것은 여러 배움과 말들을 자양분 삼아 나만의 연주 방식을 찾는 것이었다. 내가 걸어야 할 나만의 길은, 내가 스스로 찾아야 한다는 것을 여러 선생님으로부터 배운 셈이다.

시간

체르니

     한국에서 피아노 학원을 다녔다면, 악보에 선생님이 그려준 동그라미를 지워가며 연습했던 사람이 많을 것이다. 하농에서 시작해 체르니 100, 체르니 30, 체르니 40, 나아가 체르니 50 연습곡집을 지나 바흐나 베토벤, 쇼팽 등 위대한 작곡가들의 작품을 접하게 되는 피아노 학습 과정이 가장 일반적이었고, 나 또한 이 순서로 피아노 실력을 키워갔다. 피아노를 배우는 아이들 사이에서는 체르니 연습곡을 어디까지 배웠는지가 피아노 실력의 잣대가 되었다.

하지만 정작 많은 사람이 체르니를 교재 이름으로 알고 있을 뿐, 연습곡 외에도 다양한 피아노 작품, 실내악, 교향곡을 포함해 천 곡에 가까운 곡을 작곡한 열정적인 작곡가이자 최고의 피아노 교육자 중 한 명이라는 사실은 잘 모른다. 또한, 베토벤이 아끼는 제자이자 리스트의 스승이었다는 사실은 더더욱 생소할지도 모르겠다.

카를 체르니는 3세에 피아노 연주를 시작해 7세에 작곡을 한 음악 신동이었다. 연주, 작곡, 교육 모든 면에서 큰 재능을 가졌지만, 그는 어렸을 때를 제외하고는 평생 대중적인 연주회를 열지 않았고, 여행을 싫어했다는 기록도 있는 걸 보면 무척 내향적인 사람이었던 것 같다.

연주 대신, 체르니는 피아노 교육에 특별한 열정을 쏟아부었다. 그는 자신이 가르치는 학생들이 기초부터 탄탄하게 실력을 쌓아가기를 바랐고, 이를 위해 수많은 연습곡을 직접 작곡했다. 체르니의 연습곡집은 단계별로 난이도가 체계적으로 구성되어 있어 피아노를 배우는 학생들에게 필수 교재로 자리 잡게 되었다. 열 개의 손가락이 빠짐없이 필요한 테크닉을 소화할 수 있게 도와줄 뿐만 아니라 아름다운 선율과 화성은 음악적 표현력을 키우는 데도 큰 도움이 된다. 아마 지구에서 가장 많이 연주된 피아노 작품은 체르니의 연습곡일 것이다.

체르니의 피아노 연습곡은 전 세계적으로 피아노 학습의 표준이 되었고, 이제 막 피아노를 시작한 이들은 체르니 연습곡을 통해 기본기를 다지고, 나아가 여러 작곡가의 복잡하고 예술적인 작품을 연주할 수 있는 능력을 키운다. 나 또한 체르니의 연습곡을 연습하면서 많은 것을 배웠다. 처음에는 단순한 기교 연습이라고 생각했지만, 점점 그의 작품들이 지닌 깊이와 아름다움을 느낄 수 있었다.

체르니의 연주는 오늘날에도 계속되고 있다. 그의 연습곡은 여전히 피아노를 배우는 많은 학생에게 필수 교재로 사용되고 있으며, 기초부터 차근차근 실력을 쌓아올리게 했던 그의 교육 철학은 많은 음악 교육자들에게 표본이 되고 있다.

한편, 최근에는 체르니가 아닌 다른 피아노 교재

도 자주 사용되는 것 같다. 학생들이 지루함을 느끼지 않게 더 많은 연습곡 과정이 개발되기도 했고, 연습곡 집이 아니라 바로 작품을 연주하기도 하는 것 같다. 하지만 나는 체르니의 음악적 유산을 통해 음악에 대한 열정을 키우고, 음악을 통해 자신의 감정을 표현하는 법을 배웠다고 생각한다. 반복되는 아르페지오화음이 분산되어 나열된 패턴 속에 숨어 있는 그의 따뜻한 선율에 감동해 몇 번이나 반복해서 연주했던 어린 날의 한낮이 떠오른다.

　　한 집 건너 한 집에 피아노가 있던 시대는 지났다. 상가 건물마다 꼭 하나씩 있었던 피아노 학원도 예전 같지 않다. 한때 한 가정의 교양의 척도를 나타내던 피아노는 이제는 더 이상 쓸 수 없는 낡은 가구처럼 버려지고 있다. 하지만 피아노를 배운 기억이 있는 사람들이라면, 순식간에 공동의 기억을 끌어내는 '체르니를 연습한 시간'들은 쉽게 버려지지 않아야 할 시간이 아닐까.

　　체르니의 연습곡을 접하는 이들이 한 단계씩 실력을 기를 수 있게 작곡한 배려심 많은 그의 면모는 그의 삶에서도 찾아볼 수 있다. 독신으로 살며 음악에만 헌신했고, 가난했던 리스트에게 무료로 피아노를 가르쳐 주면서 그를 거장으로 키워냈고, 죽음을 앞두고는 전 재산을 기부하고 떠났다.

리스트는 그가 가진 피아노 연주 테크닉을 집대성한 열두 곡의 '초절기교 연습곡'을 스승 체르니에게 헌정했다. 스승 체르니가 마련한 계단을 통해 최고의 경지에 올랐기에 그 헌정은 당연했을지도 모른다.

피아노 반주

　피아노에 대해 곰곰이 생각하다 보면, 어떻게 이렇게 훌륭한 악기가 발명될 수 있었을까 감탄하게 된다. 나는 여러 훌륭한 이유 중에서도 '접근성'과 '포용성'에 특히 주목한다.

　클라리넷을 떠올려보자. 호흡을 조절하여 정확하고 고르게 음정을 연주하는 수준까지 도달하려면 꾸준한 노력과 많은 시간이 필요하다. 바이올린이나 기타 같은 현악기도 정확한 음정과 화음을 연주하기 위해서는 오랜 연습과 손가락의 굳은살을 감내해야 한다. 반면, 피아노는 해당 건반을 누르기만 해도 누구나 깨끗하고 정확한 음정을 낼 수 있다. 어린아이부터 어르신들까지, 처음 피아노를 연주한다고 해도 쉽게 정확한 음정을 낼 수 있다는 사실이 피아노가 전 세계에서 사랑받는 가장 큰 이유가 아닐까. 피아노의 접근성은 어린이들 손에는 '젓가락 행진곡'을, 노인들 손에는 '아리랑'을 저장해 놓는다.

포용성은 피아노의 훌륭한 반주 능력에서 찾을 수 있다. 반주가 가능한 악기는 많다. 현악기에서는 기타가 빠르게 떠오르고, 피아노의 전신인 하프시코드나 하프 뿐만 아니라 수많은 타악기도 반주를 수행할 수 있다. 그러나 폭넓은 음계를 편하게 아우르고 리듬을 만들어 가면서도 섬세한 타건건반을 누르는 것을 통해 강약을 조절하고, 페달로 음정의 질감을 변화시키며 다른 악기의 배경을 변화무쌍하게 제시하는 반주악기는 피아노가 독보적이다. 피아노 반주의 세계도 넓고 깊어 반주를 전문으로 하는 피아니스트도 많고, 피아노 반주 전공 과정도 어렵지 않게 찾아볼 수 있다.

어릴 적 내가 가장 즐겼던 피아노 연주를 떠올려 보면, 나는 반복되는 연습을 통해 익힌 피아노 독주를 뽐내듯이 펼쳐내기보다는, 다른 사람이 어떤 소리를 내는지 귀 기울이며 반주할 때가 더 즐거웠다. 동생이 연주하는 매끄럽지 못한 바이올린 선율에 든든한 동반자처럼 함께 걷다가, 갑자기 장난기가 발동해 동생의 연주를 우스꽝스럽게 만들기도 했다. 아주 가끔은, 기분이 좋아 보이는 어머니의 노래를 끌어내기도 했었다. 문방구에서 파는 '피스'로 불리던 연노란색 유행가 악보를 사다가 연주하며 노래 한번 해보라고 권유하면 당황하거나, 노래를 할까 말까 망설이는 친구들 모습 또한 즐거웠다. 그렇게 반주하고 나면 어느샌가 음악을 통해 더 가까워진 동생, 엄마, 그리고 친구들을 발견할 수 있었다.

피아노는 사람들을 모이게 해주는 공간 같은 악기다. 그래서인지 피아노보다 훨씬 일찍 태어난 현악기들과 함께 구성되어도, 바이올린, 첼로, 피아노가 모이면 '피아노 3중주'라고 부르고, 바이올린 두 대와 비올라, 첼로까지 무려 네 대의 현악기와 피아노가 함께 구성되어도 '피아노 5중주'라고 부른다. 피아노가 만들어

내는 음향의 중요성과 피아노가 차지하는 무게감 있는 공간성을 중심으로 악기들이 모이기 때문일 것이다.

비단, 반주라는 말을 꼭 음악 분야에 한정해서만 쓰고 싶지는 않다. 지금껏 내가 해온 작업들을 돌이켜 보면 연극 작품에서 배우들의 몸짓에 맞춰 피아노를 치고, 무용 작품에서 무용수들의 움직임에 음악을 만들고, 영상 작품의 한 장면에 딱 맞아떨어지는 감정을 불어넣기 위해 연주했던 결과물이, 모두 넓은 의미의 반주였다고 생각한다. 이런 생각이 들자, '반주'에 대한 생각의 파장은 '내친김에 내가 사랑하는 자연의 소리에 반주해 봐야겠다'라는 행동으로 이어졌다.

나의 첫 앨범 〈ACCOMPANIMENT〉 중 일부의 곡들에 악기는 피아노만 있는 것 같지만 사실 피아노는 인공의 악기가 아닌, 자연의 소리에 반주하고 있다. 무르익은 가을에 목청껏 노래하는 여러 종류의 풀벌레 소리와 바람이 스쳐 지나가는 소리에. 아주 느리고 여백이 많은 '미니멀리즘' 곡을 쓴 이유다. 자연의 소리를, 반복되어 평평해지거나 여백이 많아 넓어진 행간에 잘 담아내기 위해서.

2019년, 강원도 평창에 자연을 바로 마주 보고 있는 그랜드 피아노가 있는 스튜디오를 찾았다. 보통 피아노를 녹음할 때는 방음 부스에 들어가서 피아노 소리 외에는 어떤 소리도 들어가지 않도록 하는 것이 일반적이다. 녹음 공간들은 공간 내부의 집기뿐 아니라 연주자가 앉을 피아노 의자에서도 불필요한 소음이 발생하지 않도록 주의를 기울인다. 방음문을 통해 바깥 소음은 철저히 차단된다.

　　하지만 자연이 들려주는 소리에 실시간으로 반응하기 위해 나와 녹음 엔지니어는 공간의 문을 활짝 열고, 풀숲에도 마이크를 설치한 채 피아노 연주를 녹음했다. 어느 날, 한창 자연의 소리에 빠져 연주하며 녹음하고 있는데, 헤드폰을 통해 툭 하는 소음이 들려 연주를 잠시 중단했다. 마이크를 점검하러 가보니, 잠자리가 마이크 위에 앉아 있었다. 바람에 실려 이리저리 날다가 잠시 휴식을 취하기 위해 마이크에 앉았던 소리였다. 같은 앨범에 수록된 'DEEP IN'에서는 세찬 빗소리에 반주하기 위해 며칠을 기다리기도 했다.

　　악기의 반주든, 자연의 소리나 다른 활동에 대

한 반주든, 피아노의 매력은 쉽게 친해질 수 있고 어우러져 '함께'라는 삶의 하모니를 이루어내는 '성격'에 있다. 그리고 피아노 반주를 통해 우리는 그 매력을 쉽게 알아차릴 수 있다. 어떤 성격과 태도로 살아야 많은 이들과 아름답게 교감하며 살아갈 수 있는지 생각하게 된다.

부모의 노랫소리에 작은 손을 움직여 멜로디를 찾는 어린 자녀의 반주는 '사랑'이다. 서로의 인생을 보듬으며 함께 손뼉 치며 노래하는 노인학교의 노래교실 속 반주는 '돌봄'이다. 긴 시간 다른 악기가 화려한 연주를 뽐내는 동안 묵묵하게 배경이 되어주는 피아노 반주자의 연주는 '인내'다. 도처에 '사랑'의 다른 이름으로 변주되어 울려 퍼지는 피아노 반주로 인해 세상은 그래도 조금 더 아름다워지지 않았을까.

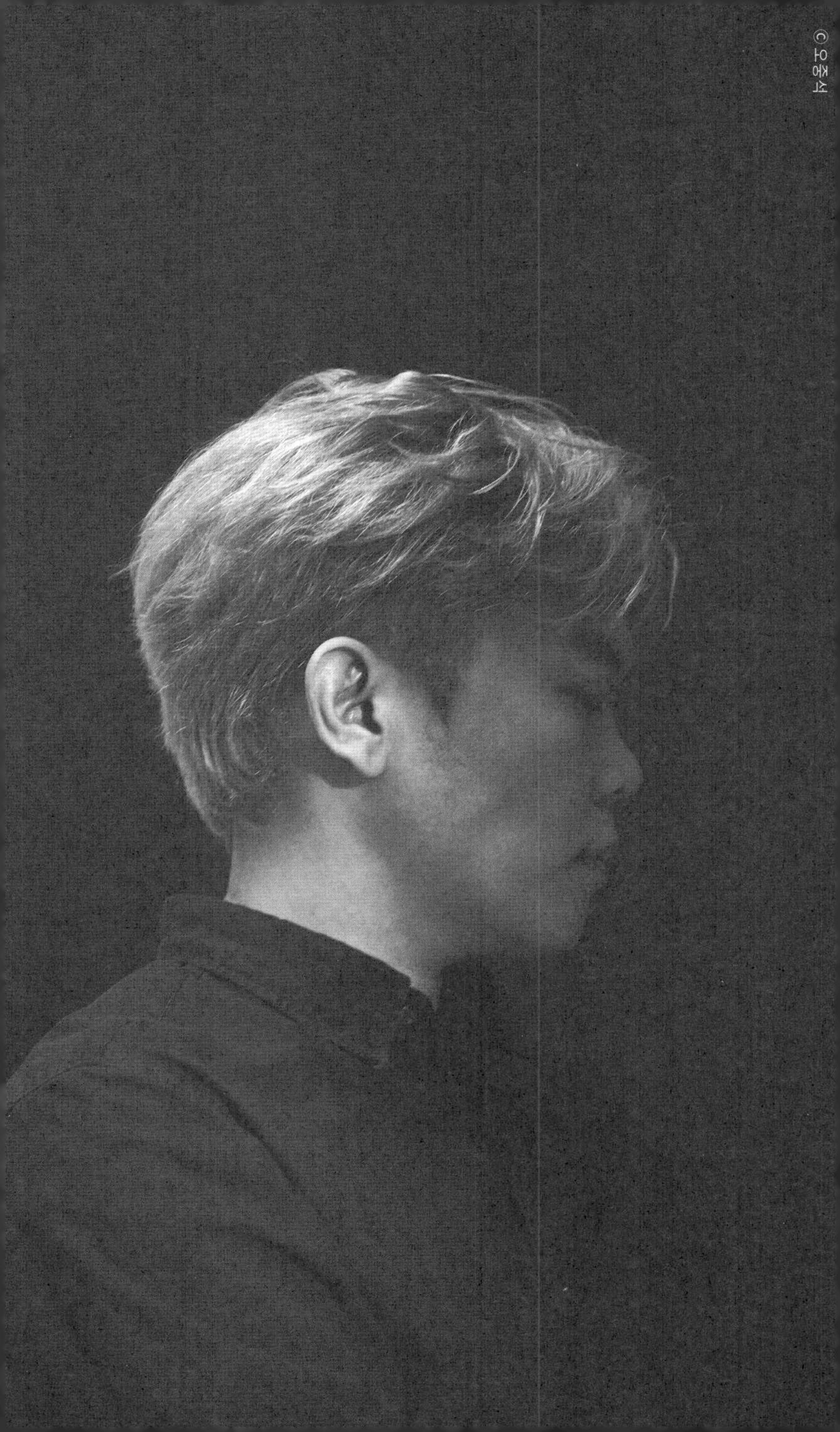

ⓒ 오종석

길 위의 피아노

Play me,

　　20년 전 여름, 작곡한 피아노곡 '봄비'의 뮤직비디오를 찍기 위해 채색된 '봄비 피아노'가 남해의 한 바닷가에 놓였을 때, 주위에 모인 사람들의 표정을 관찰하는 것은 사뭇 즐거웠다. 바닷가에서 하얀 배경에 꽃과 새싹이 그려진 피아노를 마주한 사람들의 표정에는 놀라움과 함께 어떤 연주가 있을까 하는 기대감이 묻어났다.

　　보통 프라이팬이 주방에 걸려 있는 것이 일반적

인 것처럼, 업라이트 피아노 역시 대부분 가정의 거실이나 방 안에 위치하는 것이 일반적이다. 그러나 거리 축제와 피아노가 중심이 된 여러 야외 프로젝트가 익숙해진 현재는, 도시 중심부의 길 위에 피아노가 떡 하니 놓여 있어도 더 이상 놀라지 않는 상황이 되었다.

이 배경에는 2008년 영국의 설치 예술가 루크 제람Luke Jarram(1974~)이 시작한 길 위의 피아노 프로젝트, 'Play me, I'm yours' 프로젝트가 있다. 이 프로젝트는 시민들에게 기증받은 피아노를 다양한 색상으로 칠하고 그 위에 'Play me, I'm yours'라고 써서 거리, 공원, 기차역 등 사람들이 자주 모이는 여러 공공장소에 배치하여 일반인이 자유롭게 다가가 연주할 수 있게 했다.

피아노가 유독 많은 한국에도 그 영향이 미쳤는지, 이제는 여러 도심에서 종종 길거리 피아노를 만나게 된다. 도시 한복판이나 길 위에 마치 다른 세계에서 온 이방인처럼 자리 잡고 있는 피아노를 보면, 이 피아노는 대체 어디서 만들어져서 어떤 사람들을 만나고 여기에 도착했을지, 한참을 멈춰서 보게 한다. 보통은 연주하고 있는 사람이 없는 경우일 때가 많지만 조금 더 기다리다 보면 연인이나 형제자매로 보이는 젊은이들

중 한 명이 연주하거나, 아주 드물게 혼자서 연주하고 있는 아저씨나 아주머니의 모습도 볼 수 있다.

　　조금 아쉬운 건, 듣다 보면 연주되는 열 곡 중 예닐곱 곡은 '젓가락 행진곡'이거나 일본 애니메이션 음악 또는 국내 유명 작곡가 겸 피아니스트의 곡이라는 점이다. 당연히 이 길거리 피아노로 어떤 곡을 연주해야 한다는 법은 없지만 가끔은 이 이방인 같은 피아노에게서 특별한 순간을 선사 받고 싶은 나로서는 한참을 서서 기다려 보아도 몇몇 곡들만 들리니 아쉬운 마음이 들 수밖에 없다. 지나다니는 시민들도 많이 들어봤다는 반응인지, 별다른 관심 없이 갈 길을 재촉할 뿐이다. 나는 이 낯선 피아노로부터 제목을 물어보고 싶은 곡을 들어보고 싶다는 강한 열망이 생겼다.

　　한창 코로나가 극심했던 2020년 가을, 나는 도시재생 사업으로 인도교로 재탄생된 서울로 고가 '서울로7017'에서 열리는 작은 축제를 맡아 진행한 적이 있다. 공연과 축제는 물론, 모여서 악기 연습을 하는 것도 어려웠던 시기였다. 하지만 우여곡절 끝에 서울로 고가가 야외라는 이유로 시의 승낙이 떨어져 축제는 진행될 수 있었다.

　　축제를 맡아 진행하는 나에게도, 행사에 출연하는 연주자들과 관객들에게도 무척 소중할 수밖에 없었던 아주 귀중한 예술의 장이었다. 축제를 준비하면서 1km의 보행로를 며칠간 몇 번이나 왕복해서 걸어 다녔다. 어떻게 하면 한 번도 겪어보지 못한 이 팬데믹의 고통 속에서 시민들에게 가장 큰 감동과 위로를 줄 수 있는 축제 프로그램을 마련할 수 있을지 고심했다.

　　당시 서울로7017에는 피아노가 몇 대 있어서 나는 가끔 그 피아노를 연주할 연주자들을 하염없이 기다리곤 했다. 어느 날, 하얀 마스크를 낀 중년의 여성분이 피아노 의자에 천천히 앉더니 곧 연주를 시작했다. 슈만의 트로이메라이! 비교적 연주하기 어렵지 않은 느린 곡이지만, 첫 마디부터 오랫동안 피아노를 연주해온 솜씨임을 느낄 수 있었다. 거리두기가 엄중한 시기라 몰려들지는 않았지만 가는 발걸음을 멈추고 사람들이 하나둘 서서 연주를 감상하기 시작했다. 모두가 마스크를 끼고 있으니 표정은 잘 보이지 않았지만 왜인지 촉촉해 보이는 사람들의 눈빛과 고요해진 현장 분위기만으로도 순식간에 길 위가 여느 공연장으로 바뀌고 있음을 느낄 수 있었다.

연주가 끝나고 당연하게 이어지는 박수갈채. 집합과 공연이 금지된다고 길거리 연주와 감상까지 금지될 수는 없는 노릇이었다. 잠시 공연장이 된 듯했던 길 위의 피아노 연주에 나부터 깊은 위로를 받고 감동했다. 연주를 마치고 피아노 옆에 내려놓았던 가방을 챙겨 다시 갈 길을 가는 아주머니의 뒷모습을 보았다. 길 위에 있어 악기 상태는 좋지 않았지만, 누군가에게 감동을 주기에는 충분한 이 길 위의 피아노에 훌륭한 피아니스트를 초대해 봐야겠다고 생각했다.

잘 알고 있는 여러 피아니스트 중 가장 먼저 떠오른 피아니스트는 A 피아니스트였다. 그는 쉽게 클래식 공연을 접하지 못하는 소외 지역을 대상으로 하는 순회 연주를 한 적이 있었는데, 울릉도에서 그를 처음 만났을 때 나는 작은 규모의 울릉도 연주를 위해 정성껏 준비해 온 그의 양복과 구두에 감동했던 터라, 이 부족한 길거리 피아노로도 아주 정성껏 연주해 줄 것이라고 믿었다.

운영진과 출연진, 관객 모두가 마스크를 끼고 어

렵게 열린 무대에 웃어야 할지, 울어야 할지 어색한 채로 시작의 신호탄을 쏘아 올린 축제에서 그의 피아노는 단연 빛을 발했다. 세계를 무대로 피아노를 연주하는 피아니스트가 연주하는 길 위의 피아노라니. 아쉬운 피아노 상태와 관계없이 펼쳐내는 그의 아름다운 연주에 많은 사람은 행복해했다. 마스크로 얼굴이 다 보이지 않는데도 그를 알아보는 여러 팬은 이게 갑자기 무슨 일이냐며 놀라워하기도 했다.

길 위의 피아노가 공연장 못지않은 감동을 주는 이유는 '의외성'에 있지 않을까. 공연장의 피아노는 어느 정도 몸과 마음의 준비를 하고 만나러 가게 된다면, 거리에 불쑥 놓여 있는 피아노는 평범한 일상의 시공간을 갑자기 음악의 시공간으로 변화시킨다. 서로가 누군지 잘 알지 못하는 연주자와 관객은 잠시나마 그 시공간 속 피아노를 통해 연결된다.

수없이 버려지고 있는 한국의 피아노 중 아주 일부라도 조금 더 길 위의 피아노가 되면 여기저기에서 들리는 음악이 우리를 조금 더 연결시키고 가깝게 해주지 않을까.

크리스토포리

바르톨로메오

　　피아노를 발명한 바르톨로메오 크리스토포리가 살아생전 몇 대의 피아노를 만들었는지 정확히 알려지지는 않았지만, 오늘날 그의 피아노는 단 세 대만이 존재한다. 그중 1720년에 만들어진 첫 번째 피아노는 뉴욕 메트로폴리탄 박물관에 있다. 1722년에 제작된 두 번째 피아노는 이탈리아 로마 국립 악기 박물관에 소장되어 있으며, 마지막 1726년에 제작된 세 번째 피아노는 독일 라이프치히 대학 악기 박물관에 있다.

내가 크리스토포리의 첫 번째 피아노를 뉴욕에서 처음 만났을 때, 그의 피아노는 내게 많은 영감을 주었고 이는 바로 내 공연 〈PNO〉의 시작이 되었다. 공연 〈PNO〉의 초연을 마친 후, 나는 크리스토포리의 흔적을 다시 찾아 그의 두 번째 피아노를 만나기 위해 이탈리아로 향했다.

피렌체 근교의 작은 도시, 크레모나는 아마티Andrea Amati(1507~1577), 과르네리Bartolomeo Giuseppe Guarneri(1698~1744), 스트라디바리Antonio Stradivari(1644경~1737) 등 최고의 현악기 제작자들이 그들의 이름을 딴 명품들을 만든 곳으로 유명하다. 이곳에는 여전히 수백 명의 현악기 제작자가 옛날 방식 그대로 바이올린을 만들고 있다.

이 도시에는 피아노를 발명한 젊은 크리스토포리가 바이올린의 형태를 고안한, 그러니까 바이올린 발명가라고 불러도 무방한 아마티의 제자였다는 이야기가 전설처럼 전해져 온다. 1680년 크레모나의 인구 조사 기록에서 아마티 저택에 "크리스토파로 바르톨로메이"라는 사람이 거주했다는 기록이 발견되었기 때문이다. 다만 당시 그의 나이는 25세여야 하는데 인구 조사에 기록된 "크리스토파로 바르톨로메이"는 13세 소년으로 기록되어 있다는 점에서 이 전설이 사실이 아닐 수도 있다는 정황이 있다. 그러나 피아노 발명가가 바이올린 발명가의 제자였다는 가설은 포기하기에는 너무 멋진 이야기이다.

나는 크레모나의 악기 공방에서 열심히 몰두하며 악기를 만드는 청년들의 모습에서 크리스토포리의 모습을 떠올려 보았다. 크리스토포리가 공식적인 기록에 처음 등장한 것은 그의 나이 33세였던 1688년이다. 예술 후원의 대명사인 메디치 가문의 군주 페르디난드 데 메디치Ferdinando de'Medici(1663~1713)는 베네치아에서 크리스토포리와 조우했다. 음악을 사랑하고 새로운 발명에 늘 진취적이었던 이 군주는 크리스토포리에게 피렌체로 함께 가서 악기 제작자로서의 인생을 함께해 줄 것을 권유했다. 이미 저명한 하프시코드 제작자였던 크리스토포리는 난관이 예상되는 새로운 도전을 거부할 수도 있었지만, 군주의 제안을 수락했다.

그러나 그가 처음부터 군주의 제안을 수락했던 건 아니었다. '가고 싶지 않다'는 의사를 밝힌 기록이 있기 때문이다. 하지만 메디치 군주의 끊임없는 설득 때문인지, 아니면 그 외의 어떠한 상황이 작용했는지 정확히 알 수는 없으나 그의 최종 선택은 인류의 음악사에서 아주 중요한 분기점이 되었음은 의심할 여지가 없다. 그가 고향 파도바를 떠나지 않았다면 피아노는 물론, 수많은 명곡과 피아니스트의 세계는 존재하지 않았을 테니까.

그가 군주를 따라 피렌체로 향했던 것처럼, 나도 피렌체로 향했다. 도시 전체가 하나의 유적이자 역사책 같은 피렌체에서 크리스토포리의 위대한 발명을 상상해 본다. 아마티의 제자라는 전설의 사실 여부와 상관없이, 크리스토포리는 이미 악기 제작자로서 현악기와 하프시코드에 대해 깊은 이해로 메디치 가문이 보유한 악기의 보수와 관리를 도맡았다.

그러나 페르디난드 데 메디치는 그에게 이런 일을 맡기려고 설득한 것이 아니었다. 곧 크리스토포리는 두 조수와 함께 메디치가 후원하는 전용 공방에서 비밀 프로젝트를 시작했다. 그리고 발명의 순간에 메디치 가문은 바르톨로메오 크리스토포리가 제작한 새 발명품이 '부드럽고 크게' 울린다는 기록을 남겼다. 세월이 지나면서 '크게(forte)'라고 쓰여 있던 게 점점 흐릿해지고 결국 '부드럽다(piano)'라는 기록만이 남아 이 악기는 지금의 이름인 '피아노'가 되었다.

　　기록적인 폭염이 있던 여름의 어느 날, 로마 국립 악기 박물관 티켓 판매원은 살이 탈 것 같은 더위에 땀을 흘리며 찾아온 동양인의 방문을 다소 의아하게 여겼다. 지구를 삼켜버릴 것 같은 불볕더위 속에서도 콜로세움과 판테온 등 유명 관광지에는 전 세계에서 온 관광객이 북적이는 것과 대조적으로, 악기 박물관은 한산했다.

　　박물관 2층에서 크리스토포리의 두 번째 피아노와 드디어 마주했다. 뉴욕에 있던 1720년에 제작된 피아노는 후대에 많이 개조되어 까맣게 칠해져 있던 터라 현대 피아노 같았지만, 로마에 있는 이 두 번째 피아노는 피아노가 탄생한 바로 그곳 이탈리아 땅에 있어서일까, 아니면 나무색 그대로여서일까, 발명되었을 그때 그대로의 원형처럼 느껴졌다.

　　나는 4옥타브 정도의 좁은 음역이지만, 현대 피아노의 액션과 크게 다를 바 없는 정교한 액션 구조를 들여다보았다. 이 액션 구조가 작고 큰, 부드럽고 강한 음량의 차이를 만들어내고, 그 틈 사이로 새로운 음악의 역사가 시작되었다고 생각하니 새삼 온몸에 전율이 일었다. 음악의 새로운 역사를 열기 시작한 이 틈은 점점 커져 거대한 세계가 되었고, 그 세계 속에서 많은 작곡가와 피아니스트들, 조율사와 운반사들, 그리고 관객들이 유영하며 살아가게 된 것이다.

　　많은 발명가처럼 크리스토포리도 자신이 발명한 발명품의 영광을 살아생전에 보지는 못했다. 그에게 절대적인 지지를 보냈던 페르디난드 데 메디치 군주가 사망한 후, 크리스토포리는 실직했고, 메디치 가문의 번영이 기울기 시작하면서 그의 피아노는 여러 나라로 팔려나가게 되었다.

　　하지만 그는 피아노 제작을 멈추지 않았다. 어떻게 하면 더 나은 악기로 나아갈 수 있을지에 대한 개량을 끊임없이 고민했다. 그러나 흐르는 시간은 어쩔 수 없었다. 그는 조수 지오반니 페리니에게 모든 공구를 물려준다는 유언과 함께 1731년에 생을 마감했다. 지오반니 페리니는 스승의 설계를 기반으로 음역을 확장한 피아노를 계속해서 제작해 나갔다.

크리스토포리가 자신의 발명품이 모차르트, 베토벤, 쇼팽, 리스트 등 수많은 작곡가로부터 명곡을 만들어내고, 지금까지도 수많은 음악가가 그 발명품에 자신의 인생을 거는 것을 두려워하지 않는다는 것을, 그리고 전 세계에 셀 수 없는 피아노 애호가가 자신의 발명품을 연주하며 행복과 위안과 기쁨을 얻고 있다는 것을 안다면, 그는 어떤 기분일까. 아마도 평화로운 고향과 안정된 환경을 등지고 군주를 따라나선 자신의 선택과, 하프시코드 제작을 멈추고 새로운 발명품을 만들기로 결심한 자신의 용기 있는 도전을 스스로 칭찬하며 흐뭇해하지 않을까.

악보,

인생을 담아내는

특별한 문서

　빼곡하게 찬 음정만이 계속 반복되는 연습곡집을 끝내고서야, 어린 피아니스트는 여러 작곡가의 삶을 만날 준비를 마친다. 이제 그는 작곡가들이 남긴 악보 속의 수많은 악상 기호들을 마주한다. 처음 접하는 이 낯선 기호들을 통해 피아니스트는 무한한 해석의 가능성을 발견한다. 어린이 피아니스트부터 노령의 피아니스트까지 각자의 방식으로 그 기호들을 소화하며 자신만의 연주로 만들어간다. 이 과정에서 악보는 단순한 음정의 기록을 넘어, 작곡가의 감정과 사상은 물론 연주자의 인생까지도 담아내는 특별한 문서가 된다.

악보 속의 음정과 건반을 막 연결하는 데 성공한 어린 피아니스트는 새 악보를 펴고 익숙하지 않은 쉼표와 긴 선들을 확인한다. 이어지는 악구 속에 자리한 짧은 쉼표들은 수영을 이어가려면 수면 위에서 재빠르게 숨을 쉬어야 하는 순간과도 같다. 쉼 없이, 끊임없이 반복되는 미니멀리즘 작품도 있지만, 일반적으로는 이야기를 계속 이어 나가기 위해 숨을 쉬어야 한다는 것을, 아주 작은 휴식이라도 필요하다는 것을 어린 피아니스트는 깨닫게 된다.

휴식이 꼭 생존을 위해서만 존재하는 것은 아니다. 어떤 쉼표는 음정이 놓인 위치를 바꾸면서 독특한 리듬 패턴을 만들어 내기도 한다. 어떤 휴식들은 우리의 인생을 더 독창적이고 흥미롭게 바꾸기도 하는 것처럼 말이다. 침묵만으로 만들어진 유명한 곡도 있다. 존 케이지John Cage(1912~1992)의 〈4분 33초〉라는 작품의 악보를 모두 메우고 있는 침묵은 아무것도 하지 않고 가만히 멈춰 있을 때, 무언가를 들으려고 하지 않을 때

되려 다른 소리를 잘 들을 수 있다는 것을 깨닫게 한다. 존 케이지는 관객들에게 아무것도 연주되고 있지 않을 때 들리는 여러 소리를 연주로 격상시켰다.

그러나 계속 이어지는 휴식이 늘 정답은 아니다. 중요한 음정들은 다음 마디까지 이어져야만 한다. 붙임줄을 통해 길게 이어진 음들은 다음 마디까지 지속된다. 소리가 더 이상 울리지 않는 것 같아도, 작곡가는 의도적으로 붙임줄을 길게 늘여놓았다. 이 줄을 통해 이전 마디의 음정은 새로운 마디에서도 의미를 가지며 앞 마디와 밀접한 관계를 형성한다. 인생에서 일어난 어떤 일들은 우리가 생각하는 것보다 더 오랫동안 영향을 미치기도 하는 것처럼.

휴식과 이어짐에 대해 배운 어린 피아니스트는 이제 음정의 다양한 표현 방법을 통해 삶을 어떻게 살아야 하는지 생각해 볼 수 있다. '오늘 하루를 최선을 다해 사는 것이 인생을 가장 열심히 사는 방법'이라는 말이 떠오르는 테누토Tenuto는 '음정에 의미를 가지고 충분히 연주하라'는 기호인데, 통통 튀고 명랑한 스타카토Staccato와 대비된다. 그러나 인생의 모든 일을 테누토처럼 대할 수는 없는 법이다. 즐겨야 할 때는 진지함을 버리고 쾌활하게, 힘든 시기 또한 경쾌하게 지나갈 수 있어야 한다. 스타카토처럼.

인생에 중요한 기회가 찾아왔다면 주저 없이 악센트Accent나 마르카토Marcato를 사용해야 한다. 유감없이 그 일에 힘을 기울여 방점을 찍고 남은 인생 내내 기억될 특별한 순간으로 만들어야 한다.

피아노가 탄생할 수 있었던 계기이자 많은 사람에게 피아노가 사랑받는 악기가 된 이유는 피아노부터 포르테까지 표현할 수 있는 셈여림 덕분이었다. 약한 피아니시모Pianissimo부터 강한 포르티시모Fortissimo까지 다양한 셈여림은 인생의 작은 일부터 큰일까지 어떻게 표현할지에 대한 질문을 연주자에게 던진다.

시간은 분명 늘 같은 속도로 움직이지만 때때로 그렇지 않을 때도 있다는 걸 우리는 안다. 출소를 앞둔 죄수의 시간은 느리게 가고, 게임에 푹 빠진 소년의 시간은 고속 열차처럼 빠르게 흘러간다. 리타르단도Ritar-dando(점점 느리게)의 시간과 아첼레란도Accelerando(점점 빠르게)의 시간을 통해 우리는 자연스럽게 흘러가는 물리적 시간에서 벗어나 특별한 의미가 부여된 시간으로 들어가 느리게 또는 빠르게 개인적인 시간을 만들며 경험하게 된다.

또, 반복되는 음정과 도돌이표처럼, 매일 반복되는 시간이 펼쳐지기도 한다. 하지만 익숙한 길이기에 편안한 마음으로 다시 되풀이하면서 셈여림과 여러 악상 기호들을 변주하여 다르게 걸어볼 수 있다.

어린 피아니스트는 여러 악상 기호를 공부하다 보니 어느덧 곡의 중반부, 후반부를 지나 저 멀리 페르마타Fermata(박자를 늦추거나 잠시 멈춤)를 만난다. 페르마타는 잠깐 서서 지나온 길을 뒤돌아보는 것과 비슷하다. 잠시 멈추어, 어떻게 끝을 맺을지 천천히 생각해본다.

드디어 마지막 마디가 보인다. '처음부터 다시 연주하라'는 뜻의 다 카포Da Capo가 쓰여 있지 않는 이상, 이제까지의 긴 여정을 정리할 때가 된 것이다. 피네 Fine. 연주는 종료된다.

나는 현 우크라이나의 키이우에서 태어나 미국으로 망명해 뉴욕의 스튜디오에서 끝까지 음악을 하다 잠든 거장 블라디미르 호로비츠Vladimir Samoylovych

Horowitz(1903~1989)의 연주를 좋아한다. 망명이라는 정치적 이유로 돌아갈 수 없었던 모국에 61년 만에 돌아간 그가 연주한 슈만의 '트로이메라이'는 가끔 떠올라 찾아 듣게 된다.

　　그는 길지 않은 곡에 담긴 여러 악상과 셈여림을 통해 그만의 인생을 연주한다. 2분 30초 정도의 짧은 연주에, 어린 호로비츠부터 시작해 80세가 넘은 호로비츠의 인생을 담아낸 것 같다. 그 아름다운 연주에 당시 미국과 소련의 정치적 상황은 관객에게 더이상 중요하지 않았다. 누구도 똑같이 연주할 수 없는 호로비츠의 인생이 담긴 '트로이메라이'에 관객들은 눈물을 흘린다. 그리고 다시는 연주될 수 없기에 이 연주는 더욱 아름답다.

조율사

　누군가 어떤 계기로 작곡을 시작하게 되었는지 물어보면, 피아노를 악보 그대로 연주하는 것보다 나만의 방식으로 바꾸어 연주하는 것을 즐겼고 좋은 선생님을 만나 음악을 직업으로 삼게 되었다고 대답하곤 한다. 하지만 내가 곡을 쓰고 연주하는 지금의 음악가가 될 수 있도록 커다란 계기를 마련해준 사람은 따로 있다.

　2001년 평범한 인문계 고등학교에 다니고 있던

나는 성악을 전공한 음악 선생님을 1학년 담임선생님으로 만나게 되었다. 음악 선생님이 담임선생님이라니, 반갑고 기뻤던 내 기대와 다르게 선생님은 학생 개인의 재능과 흥미가 어디에 있는지 궁금해하기보다는 대학교 진학 결과가 더 중요하다고 생각하는 것 같았다.

어느 날 개인 면담을 하자던 선생님은 내게 어떤 손을 주로 사용하냐고 묻더니 양손 모두 자유롭게 쓴다는 대답에 알 듯 말 듯한 웃음을 지어 보였다. 그러고는 "지금부터 시작해도 좋은 대학을 골라서 갈 수 있게 도와줄 테니 호른을 전공해 보면 어떻겠냐"고 다짜고짜 제안했다.

물론 오케스트라 공연은 본 적이 있고 저 중간 어디쯤 앉아 있는 연주자가 연주하는 둥근 악기가 호른이라는 것, 따뜻하고 부드러운 소리를 내는 금관악기라는 정도는 알고 있었지만, 호른을 가까이에서 본 적도 없는 내게 왜 그런 권유를 하는지 어리둥절할 뿐이었다. 그 권유가 어쩌면 내 미래보다는 친한 친구이자 호른 연주자의 개인교습을 마련해주기 위한 것일 수도 있다는 것을 뒤늦게 깨달은 것은 대학을 가고 난 다음의 일이지만.

일단 한번 만나서 얘기를 나눠보라며 만남을 주선하겠다고 해서 일요일 늦은 아침 찾아간 식당에는, 담임선생님과 호른 선생님이 모락모락 피어오르는 해장국에 소주잔을 부딪치며 앉아 있었고 나에 대한 질문보다는 부모님이 무슨 일을 하는지에 관한 질문을 쏟아냈다.

　　막 고등학교에 입학한 16세의 어린 나이였지만 직업 연주자에게는 평생 셀 수 없는 작품들을 만나며 매일 매일 수행하듯 긴 시간을 반복해 연습해야 하는 인내심과, 한 작품을 마치면 또다시 새로운 작품에 도전해야 하는 지치지 않는 열정이 있어야 한다는 것 정도는 알고 있었다. 그리고 무척이나 피아노를 사랑하는 나의 마음과는 별개로 그 정도의 무던한 인내심과 뜨거운 열정은 내게 부족하다는 것 또한 스스로 잘 알고 있었다. 다섯 살부터 쳐왔던 피아노를 직업으로 삼는 것조차 아주 먼 일처럼 느껴졌을 때인데 한 번도 만져본 적 없는 호른이라니. 연주하는 밸브를 왼손으로 조작해 연주하는 악기라는 이유만으로 정확한 소리를 내는 것부터가 가장 어렵다는 금관악기 호른을 전공하는 것은 내게 상상도 할 수 없는 일이었다.

어리둥절해하는 나에게 호른을 전공할 생각이
없다면 콘트라베이스는 어떠냐는 담임선생님의 제안
을 단호하게 거절한 후에는 담임선생님도 더 이상 내게
관심이 없어진 듯했다. 이후로 나는 공부를 그럭저럭하
는, 그러나 아주 잘하지는 못하는 학생으로 평범한 학
교생활을 이어갔다. 다만 아침잠이 무척 많아 지각에
대한 벌로 음악실을 자주 청소했다. 그리고 내 인생의
방향이 180도로 바뀌게 된 날이 찾아왔다.

　　지각 벌칙으로, 방과 후 화장실 청소와 음악실
청소 두 가지 중 하나를 선택해야 했는데 나는 당연히
음악실 청소를 하길 바랐다. 화장실은 학급과 아주 가
까워서 청소하러 가기 편했고, 음악실은 다른 건물까지
한참을 걸어가야 했다. 하지만 나는 청소 전후로 음악
실의 피아노로 늘 무언가를 연주해 달라며 부탁하는 지
각 동지들의 요청에 마지 못하는 척 피아노를 연주하면
기뻐하는, 친구들 모습을 보는 것이 벌칙을 하는 중이
라는 것을 잊을 정도로 좋았다.
　　그날도 어김없이 지각한 나와 친구 한 명이 음악
실을 청소하러 가는 길이었다. 방과 후라 누가 있을 리

없을 텐데 음악실에 가까워질수록 피아노 소리가 더 뚜렷하게 들려왔다. 음악실 문을 열자 창문으로 눈부시게 쏟아지는 늦은 오후의 햇살을 받아 백발이 유독 눈에 띄던 조율사 선생님이 창문 곁에서 함께 볕을 받는 피아노를 열심히 조율하고 있었다.

나와 친구는 그분의 조율을 방해하고 싶지 않아 인사를 하는 둥 마는 둥 하고 얼른 빗자루와 대걸레를 집어 들고 청소를 시작했다. 나로서는 다섯 살부터 못해도 1년에 두 번 이상은 집에서 마주하는 조율의 광경이니 익숙했지만, 친구는 그렇지 않은 모양이었다. 조율을 왜 해야 하는지 친구가 물었다.

"기온이나 습도에 따라 음정이 자꾸 틀어져서 정확하게 다시 맞춰놓는 거야. 지금 들리는 '레' 음처럼."

순간 친구의 표정이 놀랍게 바뀌었다.

"야, 너는 저게 무슨 음인지 알아?"

도리어 친구의 반응에 놀란 내가 되물었다.

"아니, 그럼 너는 저 음을 몰라?"

음악대학에 입학하면 다수가 가지고 있는 절대음감을 그리 대단하거나 희소한 능력이라고 말할 수는 없을 것 같다. 하지만 그때까지도 나는 내가 절대음감을 가지고 있다는 사실도 몰랐거니와 음이 들리면 그 음이 어떤 음정인지 알 수 있는 절대음감이라는 음감의 존재 자체를 모르고 있었다. 누구나 음정이 들리면 그 음정에 부여된 도,레,미,파,솔,라,시 각각의 계이름이 소리와 붙어서 들리는 줄 알았던 것이다.

빗자루와 대걸레를 각각 든 두 소년의 대화를 묵묵히 듣고 있던 조율사님이 잠깐 이리 와보라며 불렀다. 그러고서는 여러 음정을 하나씩 천천히 짚으며 음정을 말해보라고 했다. 내게 그것보다 쉬운 것은 없었다. 마치 상대방이 말하고 있는 단어를 그대로 따라 읽으면 되는 것 같은 일이었기 때문이다.

이내 흥미로운 표정으로 바뀐 조율사 선생님은 한 번에 두 개, 세 개, 네 개, 다섯 개…… 왼손까지 사용하면서 동시에 화음을 만들어 이것도 이야기해 보라고 했다. 동시에 두세 개까지는 쉽지만 네 개부터는 마치 안과에서 시력 검사를 할 때 점점 더 아래로 작은 숫자를 읽어 내려가는 것처럼 알아맞히는 데 힘이 들고 시간이 걸렸다. 시력 수치가 좋게 나왔으면 하는 마음으로 가장 아래에 있는 숫자까지 읽고 싶은 아이처럼 끙

끙대며 어떻게든 맞춰내자 친구가 나를 한층 더 신기하게 쳐다보기 시작했다. 조율사 선생님이 옅은 미소를 띠며 말했다.

"네가 가지고 있는 것이 절대음감이야. 참 좋은 귀를 가지고 있구나, 어머니 좀 한번 뵈어야겠다."

집 전화번호를 알려준 며칠 뒤 조율사 선생님이 집으로 찾아왔다. 그리고 음악을 할 때 평생 유용하고 편한 능력을 가지고 있다며 작곡 공부를 체계적으로 해보는 것이 어떻겠느냐는 권유를 건넸다. 어머니는 꽤 기쁜 표정이었지만 주변에 음악의 길을 걸어본 사람들도, 조언을 해줄 사람도 아무도 없었기에 기쁜 표정 속에 걱정의 기색 또한 보였다.

작곡을 제대로 배워보기로 결심한 나는 여러 소개와 테스트를 거쳐 훌륭한 선생님들께 체계적으로 작곡 교육을 받게 되었다. 아마 호른을 연주하게 되었다면 대표적인 이조악기^{손으로 짚는 계이름과 실제 연주하게 되는 음이 다른 악기}인 호른을 연주하면서 내가 분명 '도'를 연주하는데 귀에서는 '파'로 들리고 있는 혼란 속에 매일 같이 괴로워하고 있었을 것이다.

그 조율사 선생님과의 만남이 없었더라면, 아니 그날 음악실을 청소하지 않았더라면, 지각을 하지 않았더라면, 어쩌면 나는 지금 음악을 하고 있지 않을 수도 있겠다는 생각을 해본다. 이후 본격적으로 작곡 공부를 시작하면서 백발의 조율사 선생님은 내 방 피아노의 조율사가 되었다. 정기적으로 조율을 위해 방문하면서 늘 흐뭇한 표정으로 음악 공부는 잘 되어 가는지, 어떤 것들이 어려운지 물었다. 한번 왔다 가면 늘 새 악기로 탄생하는 것 같은 조율과 반대로 조율사 선생님은 시간이 지날수록, 점점 힘도 없어 보이고 야위어갔다. 그리고 음악대학 입시를 얼마 남겨놓지 않은 이후로는 건강도 좋지 않고 귀도 예전만 못하다며 다른 조율사가 오면 좋겠다고 하며 더 이상 오지 않았다.

피아노가 버려지며 줄어가는 것처럼, 활동하고 있는 조율사들의 수도 점점 줄어만 간다고 한다. 피아노가 버려지지 않는 상황을 꿈꾸며, 나의 피아노 유토피아를 구현한 공연 〈PNO〉에서는 조율사가 공연의 첫 장면에 등장해서 무대에 놓여 있는 그랜드 피아노 조율을 시작한다. 대학 재학 시절 학교 전속 조율사와 학생으로 만나게 된 이후, 여태까지 내 피아노와 여러 공연의 피아노 조율을 맡아주었던, 오랜 인연이 있는 두 번째 조율사 선생님이 직접 출연했다.

조율사 선생님이 무대에 놓여 있는 피아노의 현을 더욱 팽팽하게 조여가며 여러 음을 연주하다가 조율의 완성을 의미하는, 명료하고 깨끗한 마지막 고음 소리 하나를 울리면 공연은 다음 장면인 피아니스트의 이야기로 전개된다. 이것은 조율이 공연에 포함될 수 있는, 아니 이미 공연에 포함된 필수 과정임을, 조율사들이 피아노 세계에서는 없어서는 안 될, 연주를 아름다울 수 있게 해주는 귀중한 존재임을 다시 한번 강조하기 위함이다.

그리고 환호성과 박수를 받는 선수들이 뛰는 그라운드를 경기 전후로 매일 같이 묵묵히 다듬고 준비하고 있는 사람들이 이 세상에는 참 많다는 것을 이야기하고 싶어서이다. 또한 내 음악의 첫 시작을 열어준 백발의 조율사 선생님을 위한 헌정의 장면이기도 하다.

공포증

무대

　피아니스트가 무대에 등장하는 순간은 이 공연을 오래 기다려온 관객에게는 무척 기대되는 시간일 것이다. 고대해 왔던 프로그램의 새로운 해석을 기다려왔을 수도 있고 피아니스트의 팬이라면 그의 음악적 이상이 실현되는 것을 현장에서 지켜본다는 감동이 시작되는 순간이기 때문이다.

　하지만 정작 그 무대에 올라가는 피아니스트는 어쩌면 두려움과 공포에 휩싸여 있을지도 모른다. 저명한 연주자라면, 이 한 번의 연주를 망침으로 그동안 쌓아온 많은 것이 순식간에 무너질 수도 있는 위기를 맞을 수 있고, 신인 연주자라면 남은 연주 인생의 향방을 결정짓는 절체절명의 순간이 될 수도 있기 때문이다.

피아니스트들에게 정도의 차이만 있을 뿐, 모두가 가지는 것이 바로 무대 공포증이다. 나 역시 무대 공포증이 꽤 심한 편이었다. 예전에 무대에 오르기 전 나는 머릿속으로 연주 중에 일어날 수 있는 최악의 상황을 상상했다.

많은 연주자가 손꼽을 공연의 최악의 순간은 아마도 연주가 중단되는 순간일 것이다. 나로서는 분명 내가 쓴 곡이고, 그래서 곡을 쓰며 자연스럽게 외워진 악보를 몇 달간 문제없이 연습해 왔지만, 무대 단상에 오르는 순간 이 곡이 어떻게 시작되는지, 중간에 어떻게 전개되는지 까마득하게 잊어버리는 상황이 가장 끔찍하다.

실제로 그럴 뻔한 순간이 몇 번이나 있었다. 이때 기억이 되돌아오지 않는다면 연주는 시작하지도 못하거나 자연스럽게 중단될 수밖에 없고, 무대에 함께

83

82

있는 다른 연주자들과 관객들 모두 당황하여 이러지도 저러지도 못하는 긴 시간을 맞닥뜨리게 될 것이다. 그리고 고개를 떨구고 퇴장하는, 다시는 떠올리고 싶지 않은 순간으로 남을 것이다. 하지만 다행히, 신기하게도 피아노 의자에 앉으면 어떻게든 머릿속 악보는 되돌아왔다.

그다음으로 상상할 수 있는 심각한 상황은 연주를 심각하게 망치는 거다. 늘 자신 있게 연주했던 부분에서 심각한 미스 터치를 한다거나, 마디나 박자를 크게 놓쳐서 어떤 관객이 들어도 이 공연과 음악이 잘못 흘러가고 있다고 느낄 만한 큰 실수를 저지르는 상상 말이다.

머릿속이 이러한 생각으로 가득 차면 몸은 어떻게 될까? 심장 박동 수는 이미 최고조에 달해 있는데 반대로 손은 차갑게 얼어붙는다. 몸에는 식은땀이 나는데 손은 반대로 얼어붙어 손가락이 천근만근 무겁다. 뜨거운 물이 든 잔이나 데운 물수건으로 아무리 손을 녹여보아도 소용이 없었다. 첫 곡을 어떻게든 잘 마무리 지으면 심장 박동과 손의 온도는 서서히 되돌아오곤 하지만 이런 경험을 계속해서 반복하는 것은 직업적으로 무척 곤혹스러운 것임은 분명하다.

　　무대 공포증은 이렇게 연주자의 몸과 마음을 강력하게 사로잡는다. 다행히도 여태까지 무대에서 연주를 아예 중단하거나 공연 전체에 심각한 영향을 끼치는 실수를 한 적은 크게 없었다. 하지만 매번 찾아오는 무대 공포증은 분명 조금씩은 나아져야 했고 나는 그 방법을 진지하게 찾아보기로 했다.

　　먼저 시도해 본 것은 공연 전 며칠 전부터 이미지 트레이닝을 해보는 것이다. 무대에 올랐을 때 관객 없이 아주 큰 연습실에서 혼자 연습하고 있다고 계속해서 세뇌하는 것이다. 특히 몇 년 전부터 연주할 때 마치 지휘자처럼 관객과 등을 지게끔 피아노를 놓고 연주하는 방식으로 자주 공연을 해왔기 때문에 이 방법은 매우 효과적일 것 같았다.

　　하지만 막상 공연에 들어가자 이 방법이 소용이 없다는 것이 여실히 증명됐다. 무대에 오르는 순간부터 관객의 시선은 한낮의 뜨거운 태양 아래서 내리쬐는 햇빛을 받아내는 것처럼 뜨겁고도 따갑게 분명히 느껴졌고, 작은 기침 소리 하나에도 아무도 없다는 상상은 여지없이 부서져 버리고 말았다. 도리어 그 부서진 자리에 현실의 시공간이 더 건조하게 느껴질 뿐이었다.

두 번째 시도는 무대 위에 다른 연주자들에게 심리적으로 의지하는 것이었다. 함께 여러 번 무대에 서면서 지켜보았음에도 전혀 긴장하지 않는 동료 연주자들이 있었다(그들 또한 무척 긴장하고 있었다고 무대에서 내려온 뒤에 토로했지만!). 그들과 함께 연주를 시작할 때 관객을 마주하고 있는 것이 나 혼자가 아니라 팀으로 함께 있다는 생각을 하니 마음이 훨씬 편안해져 안정을 얻을 수 있었다. 이 방법은 실제로 좋은 효과가 있어서 여러 연주자와 앙상블을 이루어 연주할 때면, 나는 안정된 심리 상태에서 연주를 마칠 수 있었다.

하지만 동료 연주자들이 퇴장하거나, 피아노 독주곡에서 혼자 피아노를 쳐야 하는 순간에는 다시 공포를 느낄 수밖에 없었다. 나는 혼자 피아노를 치는 것에 대한 공포와 불안이 어디에서 오는지 직시하고 이를 해결할 방법을 찾아야 했다.

여러 차례 무대에 오르면서 나는 부끄럽게도 공포와 불안은 부족한 내 연습량에서 비롯된다는 것을 깨달았다. 공연을 앞두고 몰아치듯이 연습하지만 늘 작곡을 병행한다는 핑계로 꾸준한 연습에서 멀어진 부족한 시간이 내 공포와 불안의 가장 큰 이유임을 인정하게 되었다. 그에 더해 부족한 연습에도 실수가 없길 바라는 뻔뻔하기 그지없는 완벽주의적 성향이 마음을 더욱 불안하게 만들어낸다는 것도 자각하게 되었다. 하나가 무너지면 나머지가 다 무너질 것 같은 기우도 모두 여기에서 기인한다는 것을 명상과 자문자답을 통해 알아챌 수 있었다.

　　이를 극복하기 위해서는 피아노 연습 시간을 늘리는 것이 당연히 선행되어야겠지만 그러기 전, 실수를 용납하지 않는, 인정하지 않는 생각에서 벗어나야겠다고 결심했다. 그래서 나는 공연 중 실수에 가까운 터치나 마음에 들지 않게 연주한 순간을 마주했을 때, '어차피 내 마음에 완벽하게 드는 연주는 할 수 없으니 남은 연주는 마음 편하게 하자'라고 생각하기로 했다. 그랬더니 오히려 꽤 내 마음에도 들고, 관객들로부터 반응도 좋은, 편안한 연주가 만들어졌다. 작은 실수나 마음에 들지 않는 부분이 오히려 나머지 연주를 편안하게 만들어준 셈이 되었다.

그리고 한 번 더 뻔뻔하게 생각하기로 한 것은 '작곡한 곡을 작곡가가 직접 연주하는데 누가 뭐라고 하겠어'라는 생각이었다. 물론 작곡한 곡을 성실하게 연습한 결과물로 관객을 만나야 하는 것이 음악가의 덕목이겠지만, 내 공연에 온 관객분들과 대화를 나누어보면 내 피아노 실력에 대해 기대하기보다는 어떤 생각과 배경, 감정으로 이 곡을 썼는지를 더 중요하게 바라본다는 것을 알게 되었다. 그 이후, 타건 한 번에 노심초사하기보다는 작곡 당시의 생각과 감정에 최대한 가깝게 연주해야겠다고 마음먹었다. 그러고 나니 노심초사했던 건반 위의 작은 실수는 실제로 일어날 가능성이 적은 아주 작은 부분이 되어버렸다.

엄청난 연습량과 재능을 바탕으로 존경과 박수를 받는 거장의 반열에 올랐음에도 극심한 무대 공포증에 대해 고백한 피아니스트의 글을 읽은 적이 있다. 그럼에도 그가 객석을 꽉 메운 공연장을 무대로, 무시무시한 무대 공포증으로부터 벗어나 자유롭게 연주할 수 있게 되기까지 얼마나 많은 고민과 노력이 있었을지를 생각해 본다. 무대 공포증은커녕 마치 음악의 신처럼 완벽에 가까운 연주를 하는 피아니스트들도 있다. 그 완벽에 도달하기 위해 바친 수많은 연습 시간과 고뇌와, 공포를 뛰어넘기 위해 노력해 왔던 시간에 박수와 찬사를 보낸다. 그리하여 마침내 천상에서 뛰노는 것 같은 뮤즈의 상태에 들어간 것 같은 악흥의 순간을 보고 있자면, 한 사람의 관객으로서 흥분되면서도 부러운 것은 어쩔 수 없다.

36

폭설,

　　작곡가가 곡을 쓰는 것은 직업으로서의 행위지만, 한 인간으로서는 삶의 여러 이정표를 남기는 것이기도 하다. 나는 죽음을 앞두고 할 수 있다면 내가 살면서 쓴 곡들을 순차적으로 들어보고 싶다. 곡마다 그 곡을 썼던 시공간을 불러내어 내가 어떤 길을 걸어왔는지 들려줄 것이기 때문이다.

　　어렸을 때부터 아파트에 살았던 내게 가장 큰 적

은 층간소음이었다. 피아노를 치는 내게 불운하게도, 내가 살던 집 아래층에는 옷시장에서 새벽 장사를 하는 노부부가 살았다. 하교 후 연습을 시작하려는 저녁 시간이 그분들에겐 잠이 들어야 하는 시간이었다. 오후 7시가 보통 잠을 청하는 시간은 아니지만, 어쨌든 그분들에게 내 피아노 소리는 삶과 생계를 위협하는 소음일 뿐이었다.

결국, 아래층 집과의 층간소음 문제를 해결하지 못해 집이 아닌 다른 연습실을 찾아 연습하게 되었다. 그러면서 대학생이 되면 독립해 피아노를 자유롭게 칠 수 있는 곳을 마련해야겠다고 굳게 마음먹었다. 많은 음악가에게도 작업실은 필수이겠지만, 층간소음 갈등을 겪으며 직업 음악가가 되고자 했던 내게는 특히 절박한 목표였다.

스무 살 음대생이 된 나는 발품을 팔고, 음악인들의 온라인 커뮤니티를 뒤져 내가 다니는 대학교 근처에서 첫 작업실을 찾았다. 많은 음악가가 여전히 지하에서 활동하는 이유는 저렴한 월세도 한몫하겠지만, 방음 때문이기도 하다.

오래된 동네 골목에서 노부부가 운영하는 세탁

소 지하에 있던 내 첫 작업 공간도 저렴하면서도 방음으로 인한 문제가 전혀 없었다. 세탁소를 운영하던 중년 부부는 층간소음을 걱정하기는커녕 대형 세탁기 소리가 음악 작업에 방해되지 않겠느냐며 오히려 나를 걱정해 주었다. 새 옷을 파는 분들이 아래층에 있을 때는 피아노를 치는 게 마치 살얼음판 위를 걷는 기분이었다면, 일상에 묻은 먼지와 얼룩을 털어주는 세탁하는 분들이 위층에 있고서야 나는 피아노를 맘껏 칠 수 있었다.

혼자 쓰기에는 넓었던 지하 작업실은 여름에는 동료 연주자들과 친구들이 찾아와 여러 악기가 함께 합주 되는 작은 공연장이 되었다. 또 음악 이야기로 끝도 없는 토론이 이어지던 음악 모임 장소이기도 했다. 첫 독립 공간이라는 가슴 벅찬 마음에 분위기 있는 조명 기구를 들여놓고, 친구들이 촬영해 준 내 공연 모습과 추억의 순간들을 붙여 공간을 꾸몄다.

무엇보다 24시간 언제든지 피아노를 자유롭게 칠 수 있다는 것은 내게, 유목민에게 제한된 이동의 자유가 풀린 것 같은 기분을 주었다. 악구가 떠오르면 짤막한 곡이 될 때까지 즐겁게 연주하며 기록해 나갔다.

하지만 첫 겨울이 오자 지하실은 거주 공간으로
는 열악한 환경임을 알게 되었다. 추위를 피하려 사용
한 전기 난방기구 사용은 '난방비 폭탄'으로 되돌아왔
다. 주머니가 가벼운 대학생 신분으로 호되게 한번 당
하고 나니 전처럼 마음껏 난방을 할 수 없어 내내 추운
환경에서 지내야 했다. 따뜻한 부모님 댁으로 돌아갈
수도 있었지만, 나에게는 자유롭게 음악 할 수 있는 환
경이 무엇보다 중요했고, 좋은 곡을 쓰기 전까지는 어
떤 환경과도 타협하지 않겠다는 의지로 똘똘 뭉쳐 있
었다.

그러나 그 의지가 한계에 부딪히는 순간이 왔다.
2008년 초봄, 나는 심한 독감과 몸살로 며칠을 앓아누
웠다. 햇빛이 전혀 들지 않는 지하에서 밤인지 낮인지
도 알 수 없었다. 그러던 어느 날, 서울에 기록적인 폭
설이 내렸다. 봄이 시작되는 3월에.
아픈 몸을 이끌고 폭설의 실체를 확인하러 나가
보니, 밤하늘에서는 내가 본 그 어떤 눈송이보다도 굵
은 눈송이가 쏟아지고 있었다. 익숙한 동네 골목이 폭
설에 묻혀 다른 세상의 풍경을 보여주었다. 차가운 바

람에 두통이 씻겨 나가는 기분과 함께 가슴속에서 알수 없는 뜨거운 것이 울컥 올라왔다.

지하 작업실로 내려오자마자 피아노로 그 찬바람과 뜨거운 감정을 악보로 옮기기 시작했다. 피아노 건반이 너무 차가워 손끝이 시렸다. 헤어드라이어로 건반을 녹여가며 곡을 써 내려갔다. 어떻게 찾아온 악상인데, 놓치고 싶지 않았다. 그렇게 폭설이 오는 날, 몸살과 함께 썼던 곡을 '폭설'이라는 이름으로 2009년에 발표했다.

하지만 발표 후에도 곡의 완성도 면에서도 그렇고, 당시 느꼈던 감정을 제대로 표현하지 못한 듯해 아쉽다는 생각이 들었다. 그 아쉬움은 잊힐 만하면 폭설이 올 때마다 떠올라 나를 불편하게 만들었다. 결국, 나는 이 곡을 고쳐서 다시 발표하기로 마음먹었다.

지하 작업실을 떠난 후에도, 다른 공연을 마친 후에도, 군 복무 중에도 편곡을 계속했다. 2008년 3월 폭설이 왔던 그날의 감정과 선율이 음악에 대한 열정과 동일시되면서 곡을 고치고 또 고쳤다. 어떤 날은 이렇게 전개되고 마무리 짓는 것이 맞다고 느껴져 밤늦게까지 써놓고도, 다음 날에는 아예 다 지워버리기를 수없이 반복했다. 곡 안에서는 지금껏 나에게 영향을 준 작곡가들의 여러 스타일이 무수히 등장했다가 사라져갔다.

군 복무 중 제설 작업을 마치고 돌아온 날에도 피아노 앞에 앉아 이 곡을 고치는 나에게 스스로 자문하기도 했다. 내가 이 곡에 너무 집착하는 것은 아닌지, 완성하게 되면 어떤 열정을 잃게 될까 두려워 완성하지 않는 것은 아닌지…….

마침내 이 곡을 완성했을 때는 폭설의 그날, 그러니까 처음 곡을 쓴 그날로부터 14년이 지난 어느 날이었다. 여러 공연과 프로젝트를 거치며 이제 내 스타일이라 할 수 있는 음악이 있다고 주장할 수 있게 된, 서른 중반을 지나서였다. 그제야 이 곡을 다시 쓰기 시작하니 웃음이 나올 정도로 술술 써졌다. 내가 전달하고 싶은 감정을 더 설명하려 하면 할수록 오히려 듣는 이에게서는 부담스럽게 느껴져 멀어져 버리고 만다는 것을 알게 된 이후였다. 담는 것보다 비우는 게 더 어렵고 중요함을 깨달아온 시간들. 14년 동안 고쳐왔던 그 시간을, 휘날리는 눈송이가 모여 거대한 눈덩이가 되는 모습을 생각하며 2주 만에 완성했다.

    2008년에 느꼈던 마음 깊은 곳의 저음 또한 잘 표현하고 싶어서 저음부 아래 한 옥타브가 더 있는 '뵈젠도르퍼 피아노'로 녹음하고 싶었다. 그 피아노를 보유한 서울 시내의 유일한 녹음 스튜디오는 2009년 '폭설'을 녹음했던 스튜디오이기도 했다. 나는 14년 만에 같은 곡이지만 다른 곡으로 돌아오게 된 셈이었다.

    완성했을 때의 내 나이를 제목으로 붙인 이 곡 '36'을 연주할 때마다 마음 한구석이 먹먹해진다. 14년이라는 시간을 지나면서도 이 곡의 완성을 잊지 않았던 나를 칭찬하고 싶다가도, 지금은 당시의 마음으로 곡을 쓰고 있는지 스스로를 살피게 해주는 고마운 곡이다. 가만히 시간 안에 묻어두고 기다려야 하는 일이 있다는 것을 알게 해준 소중한 곡이다.

    폭설이 오는 날, 무릎까지 쌓인 눈 속을 천천히 걸어가는 사람을 생각하며 이 느린 곡을 다시 연주해 본다. 그리고 이 곡을 마지막으로 듣게 될 언젠가를 상상해 본다.

업라이트 피아니스트

그랜드 피아니스트,

　　대학교에서 만난 기악 전공 학생들은 늘 매우 바
빠 보였고, 그만큼 피곤해 보였다. 그리고 사회대나 인
문대의 다른 단과대학 친구들만큼 다양한 동아리 활동
을 하는 것도 보기 어려웠다. 늘 개인교습을 하거나, 받
거나, 그렇지 않으면 개인 연습으로 하루가 꽉 차 있는
것 같았다. 입시와 콩쿠르, 경쟁으로 점철된 세계의 구
성원이 되거나 아니면 아예 다른 진로를 선택하는 것이
한국에서 클래식 음악을 전공하는 연주자들의 숙명과

도 같다는 것을 알게 된 것은 꽤 많은 시간이 흐른 뒤였다. 입시와 콩쿠르가 한국의 클래식 음악을 존속하게 하는 원동력이자 핵심 산업이라는 것도 더해서 말이다.

거의 모든 클래식 악기의 콩쿠르가 개최되지만, 콩쿠르의 꽃을 꼽자면 역시 피아노 콩쿠르, 그중에서도 많은 이들이 쇼팽 국제 피아노 콩쿠르를 꼽는다. 쇼팽의 셀 수 없이 아름다운 여러 피아노 작품과 협주곡은 콩쿠르 장소를 경연장이 아니라 또 하나의 음악회장으로 변모시킨다. 전 세계에서 모인 훌륭한 피아니스트들이 갈고닦은 실력을 선보이는 이 국제적인 무대는 마치 팬들과 관객들의 손에 땀을 쥐게 하는 올림픽 같다.

각자의 악기로 연주할 수밖에 없는 여러 악기 콩쿠르와 다르게 한 대의 피아노로 연주되는 무대는 심지어 공정해 보이기까지 하며 이 승부를 통해 태어난 최고의 피아니스트는 세계적인 연주자로 거듭나게 된다. 우승자는 당장 대형 음반사와 계약을 하고 몇 년간의 연주 일정이 잡히기 마련이다. 그러나 그 성배를 들지 못한 2위, 3위, 그리고 입상하지 못한 대다수 피아니스트의 처지는 그렇지 않다.

콩쿠르의 결과는 콩쿠르를 거친 스승, 선배 피아

니스트들에 의해 정해지는데, 그렇기에 공정성에 대한 의문이 발생하게 된다. 그럴 수밖에 없는 것이 심사위원들이 애초에 자기만의 연주와 작품 해석에 대한 기준을 가지고 있는 피아니스트들이기 때문이다.

나는 스포츠처럼 부정할 수 없는 정확한 기록과 규칙으로 순위가 결정되는 것이 아닌 이상 다양한 해석이 펼쳐지는 연주에 순위를 매기는 것은 여러 종류의 꽃을 모아두고 억지로 아름다움의 순위를 매기는 것과 같다고 생각해 왔다. 화려한 장미를 좋아하는 사람도 많지만, 장미의 선명한 색깔이 싫다며 이름 없는 꽃의 수수함을 좋아하는 사람들도 많은 것처럼 말이다.

콩쿠르 심사를 둘러싸고 벌어진 가장 뜨거운 논란의 사건에 이보 포고렐리치Ivo Pogorelich(1958~)라는 피아니스트가 있다. 베트남의 명피아니스트 당 타이손이 아시아인 최초로 우승한 것으로 유명한 1980년 쇼팽 국제 피아노 콩쿠르에 가죽바지와 옷깃을 세운 하얀 셔츠에 끈 넥타이를 맨 채로 그는 무대에 등장했다. 그리고 벌어진 일련의 일들은 피아니스트들과 콩쿠르 관계자는 물론, 관객과 피아노 애호가들에게도 놀라움의 연속이었다.

먼저 포고렐리치의 연주는 그의 의상처럼 기존 해석의 틀을 깨는 파격적인 연주였던 바람에, 관객들의 환호와 지지와는 반대로 여러 심사위원으로부터 반발을 샀다. 특히 루이스 켄트너Louis Kentner(1905~1987)라는 심사위원이자 피아니스트는 도저히 그의 연주를 인정할 수 없다며 그의 2라운드 진출에 반발해 사퇴했고 그다음에는 이보 포고렐리치가 3라운드에 진출하지 못했다고 '피아노의 여제'로 유명한 심사위원 마르타 아르헤리Martha Argerich(1941~)가 사퇴하는 일이 벌어졌다. 그의 천재성을 알아보지 못하는 이런 보수적인 심사위원들과 엮이는 것이 부끄럽다는 이유에서였다.

이보 포고렐리치는 콩쿠르를 마치며 "일부 심사위원들은 쇼팽이 항상 똑같기를 원하며 쇼팽은 그의 작품이 재해석될 기회를 거부당했다"고 불만을 표하기도 했다. 이후 관객들의 크나큰 반발과 논란을 의식한 주최 측이 그에게 특별상을 부랴부랴 수여했지만 두 심사위원의 사퇴와 급조된 특별상은 다양한 해석, 그리고 전통과 혁신의 논란 속에 최고의 콩쿠르도 100퍼센트 공정하게 평가하는 곳이 아니라는 것을 여실히 증명하는 사건이 되었다.

　　쇼팽 국제 피아노 콩쿠르뿐만 아니라, 여러 피아노 콩쿠르, 수많은 서양 악기의, 셀 수 없는 심사에서 좌절한 2등, 3등, 아니 그보다 입상하지 못한 수많은 연주자의 시간과 노력을 생각해 본다. 아마도 몇몇은 그 결과로 인해 아예 악기를 사랑하는 마음을 내려놓고 다른 일을 하고 있을지도 모른다. 또 몇 년 동안이나 고시에 합격하지 못해 결국 공부했던 책을 태우며 울었다는 어느 고시생의 이야기도 떠올려본다.

　　나는 음악은 합격과 불합격으로부터 보다 멀어져야 한다고 생각한다. 그리고 나는 우승하지 못한 연주자들이 콩쿠르에서 실패했다고 생각하지 않는다. 음악이야말로 다양성의 가치가 우선되어야 하는 예술이며 다양한 해석과 연주야말로 음악이 추구해야 하는 바라고 생각한다. 매년 단 하나의 정답만을 선택하는 콩쿠르가 그들을 모두 포용하지 못할 뿐이다.

　　내가 잘 알고 있는 한 피아니스트는 유명 피아노 콩쿠르에 좋은 성적으로 입상했음에도 경쟁과 끊임없는 평가의 일원이 되는 것을 거부해, 우승하기 위한 재

도전을 하지 않기로 선언했다. 또 다른 지인인 피아니스트는 콩쿠르에서 입상하지 못했지만 콩쿠르를 자기만의 음악을 만들기 위한 여러 길 중에 하나 정도로 생각하며 지금도 여전히 왕성한 활동을 하고 있다. 그는 음악이라는 같은 목적지를 향해 가지만 누구는 비행기를 타고 가고, 누구는 기차나 자동차를 타고 가고, 또 누군가는 걸어갈 수도 있는 것이라고 말한다.

　　콩쿠르를 통해 자신의 한계를 극복하고, 더욱 성장할 수 있는 기회를 얻는 피아니스트들도 분명히 있다. 그러나 입상이나 어떤 결과와 상관없이 경쟁의 무게와 무대가 주는 압박의 과정을 견뎌온 모든 피아니스트를 나는 '그랜드 피아니스트'라고 부르기로 했다. 반면, 주로 내 방, 내 작업실에서 부족한 실력으로 피아노를 즐겁게 연주하거나 업라이트 피아노가 있는 여러 작은 무대에서 연주해 온 나는 스스로 '업라이트 피아니스트'로 부르기로 했다.

　　그리고 마치 올림픽 무대처럼 1, 2, 3위가 매겨지는 시상대와 심사위원석에 작은 반기를 들어보기로 했다. 독주와 경쟁의 상징이 되어가는 피아노를 해체해 합주 악기로 새로 만들어보는 방식으로, 사실은 어떤 악기보다 이타적인 협주 악기인 피아노의 특성을 거대한 공간으로 제시해 보는 방식으로 말이다.

PNO

버려진 피아노로부터

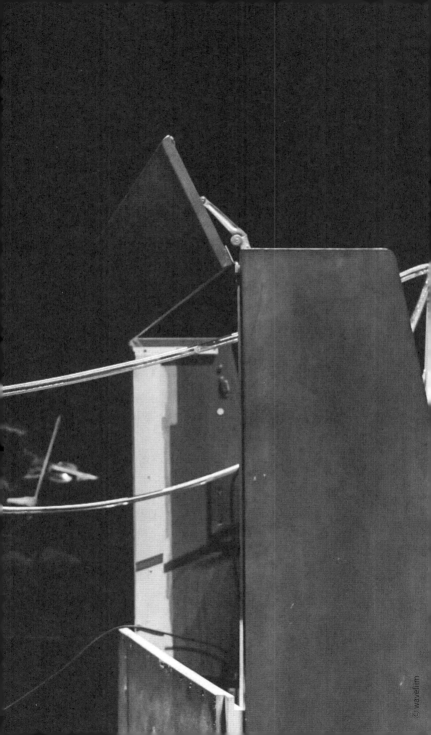

프리페어드 피아노

       2019년 초, 강원도 화천의 차디찬 북한강 변을 공연창작집단 '뛰다'의 연출과 함께 걷고 있었다. 끝없이 이어지는 이음줄 같은 강을 따라 한참을 걷다가 쉼표 같은 다리 위에서 그가 조심스레 입을 열었다. 한강 작가의 소설 《소년이 온다》를 공연으로 만드는 데 음악으로 함께 해달라는 제안이었다. 이어 돌아오는 봄부터 가을까지 나는 화천의 극단 연습실 한쪽에 오랫동안 자리해 온 고동색 업라이트 피아노 앞에 자주 앉게 되었다. 가까이에 있는 긴 강변처럼 20년에 가까운 긴 세월을 작품 창작으로 이어온 이 극단은 이번 작품을 마지막으로 해체한다고 했다.

극단은 5·18 생존자를 통해 지금까지도 이어오고 있는 광주의 고통을, 공연을 통해 전달하면서도 5월을 단순 재현하는 데 그치지 않는 새로운 작품으로 탄생시키고자 했고 창작진은 극단의 마지막 작품을 위해 고단한 신체 연습과 현장 답사, 조사를 수행해 나갔다. 그 과정들을 가까이에서 보고 느끼고 함께 해가면서 나의 음악적 고민은 점점 깊어졌다.

나는 작품을 창작할 때 악기 구성이 풍성할수록 아이디어를 전개해 나가는 것이 쉽게 느껴져 여러 연주자와 앙상블을 이루어 연주하는 것을 선호한다. 게다가 광주의 5월을 겪은 사람들의 이야기가 여러 성부를 통해 '푸가 하나의 선율을 한 성부가 연주한 뒤 이를 따라 다른 성부가 다른 음역에서 모방하는 것을 특징으로 하는 기법'처럼 전개되는 방식이 본 작품의 방향과 잘 어울린다고 생각해서 연출에게 현악 4중주를 합류시키는 방안을 제안했다. 하지만 현악 4중주가 함께하기에는 공연의 전체적인 상황으로도, 공연장 공간의 물리적인 상황으로도 무리가 있었다. 결국 나는 무대 위에서 오직 그랜드 피아노 한 대로, 이 거대한 고통을 90분간 음악으로 표현해야 하는 상황에 마주해야 했다.

배우들의 연습에 실시간으로 수많은 악구를 만들어 연주하며 실험해 보았지만, 광주 현장 답사와 생존자의 만남으로 가까이에서 느끼게 된 고통은 음악으로 쉽사리 옮겨지지 않았다. 최저음부 피아노 건반들이 한꺼번에 내는 시커먼 함성들이 그 고통과 가깝지 않을까, 맹렬하게 두드려 보아도 후려치는 곤봉의 아픔과 애국가에 맞춰 시작된 총성과 끝나지 않는 고문의 고통을 표현하기에는 부족하기만 했다.

많은 시도 끝에 나는, 노래하기 위해 잘 조율된 흑백 건반 12음의 높고 낮은 음계로는 내게 아주 약간이라도 전이된 이 고통을 표현할 수 없겠다는 결론을 내렸다. 그리고 내 손은 하얗고 검은 건반을 떠나 자연스럽게 피아노의 어두운 몸통 안으로 향하게 됐다.

손으로 직접 타악기를 연주하듯 현을 손바닥과 주먹으로 내려치기도 했고 공연에 쓰이는 여러 오브제를 피아노 현 사이에 설치해 진동으로 격렬히 소리를 내거나 굴러다니게끔 했다. 유리병과 카세트테이프와 동전이 피아노의 강철선, 내외부의 목재들과 격렬하게 마찰하고 공명하며 피아노가 내리라고는 생각할 수 없는 날 것의 다양한 소음들이 만들어졌고 그제야 내가 만들어내는 소리가 몇십 년 전 고통과 조금은 맞닿는 듯했다.

이렇게 피아노 현의 진동을 조작하여 원래의 음향을 변화시키는 연주법을 '프리페어드Prepared' 기법이라고 한다. 4분 33초간 아무것도 연주하지 않는 무음 연주를 하는 것으로 잘 알려진 〈4분 33초〉를 작곡한 전위음악가 존 케이지는 피아노 현의 진동을 조작하여 원래의 음향을 변화시키는 프리페어드 기법의 선구자다. 나중에 알게 되었지만 1940년 미국 시애틀 코니쉬 극장에서 열린 무용 공연이 그가 프리페어드 기법을 처음 시도한 무대였는데 그 시도가 '가능하게 되었던' 이유도 좁은 무대 공간에 피아노를 한 대밖에 둘 수 없어서였다고 한다.

그는 나사못, 볼트, 고무 조각, 플라스틱, 실타래, 헝겊 등 다양한 물체들을 미리 피아노의 현과 현 사이에 세밀하게 설치했고 이렇게 '준비된' 소리는 여러 연주법과 페달링을 거쳐 다채로운 소리를 창조해 냈다. 그렇게 존 케이지는 피아노를, 음악을 창조하는 기본 악기에서 새로운 음향을 창조하는 타악기로 진화시켰다.

사실 공연 〈휴먼 푸가〉(2019)에서 음악을 맡기 전까지 나에게는 프리페어드 기법에 대한 오만한 편견이 있었다. 의사를 정확하게 전달하기 위한 글자와 언어가 있듯이 음악을 전달하기 위해 시간을 거쳐 체계를 갖춰온 음정과 음계가 엄연히 존재하는데도 굳이 잘 정돈된 음정을 사용하지 않는 것, 내외부에 물리적인 힘을 가해 피아노 제작자가 의도치 않은 음향 효과를 얻고자 하는 것은 마치 어떤 악기보다 쉽고 명료하게 음악을 전달하는 피아노에 가하는 무책임한 행위처럼 느껴졌기 때문이다.

하지만 내가 무대에서 피아노로 표현해야 할 소리는 감정적인 애도가 아니라 거친 쇳소리와 신음, 고통이라는 걸 깨달았을 때 보이고, 들리기 시작했다. 매끄럽고 잘 정돈된 건반 너머 그 거대한 몸체 속에 얼마나 많은 소리가 숨어 있는지.

나는 건반으로 표현할 수 없는 일들이 이 세상에는 무척 많다는 걸 알게 됐다. 그리고 그것들을 표현해내기 위해 한 발짝 한 발짝 그 본질에 다가가는 것이 예술가의 일이라는 것도. 나의 공연 〈PNO〉는 그렇게 시작되었다. 나는 더 원활하게 프리페어드 기법을 시도할 수 있는 악기를 만들어야겠다고 마음먹었다.

나만의

악기

많은 음악가가 자신만의 악기를 만들고 싶어 한다. 어릴 적부터 나 또한 그랬다. 나만의 악기를 만들어보고 싶었다. 그리고 그 꿈을 실현하는 날이 다가왔다.

앞서 이야기한 〈휴먼 푸가〉 공연을 통해 프리페어드 기법으로 연주하며 피아노가 표현할 수 있는 범위를 넓히는, 새로운 경험을 할 수 있었다. 하지만 여러 번 진화를 거쳐 지금 모습이 된 피아노라는 악기는 예나 지금이나 한결같이 앉아서 건반을 연주하기 위해 만들어진 악기였다. 조율사들이 조율 작업을 하는 것처럼 공연 동안 장시간 선 채로 허리를 굽혀 연주하다 보니 허리에 무리가 가기 시작했고 프리페어드 기법에 특화된 새로운 악기를 만들고 싶어졌다. 서서 편하게 연주할 수 있는 전 세계에 한 대밖에 없는 악기를.

코로나바이러스의 대유행이 시작되며, 우리의 일상은 크게 바뀌기 시작했다. 공연과 집합이 제한되면서 간신히 열리는 공연장에서는 마스크를 쓰고 연주해야 했으며, 객석을 한 칸씩 띄워 앉히며 적자를 감수하는 상황에까지 이르렀다. 관객 수가 줄어든 가운데서도 축제와 공연은 계속되긴 했지만 나는 대부분의 시간을 집에서 보내며, 고독하게 피아노와 대면하는 시간이 늘 수밖에 없었다.

팬데믹의 기세가 조금 수그러들기 시작했을 때도 공연과 축제가 위로와 치유의 한 장으로 인식되기보다는 사회적 비난의 대상이 되고 있던 상황에서, 나는 음악이란, 예술이란 정녕 인간에게, 아니 나에게부터 무엇인지 새롭게 묻기 위해 모색과 시도를 해야 할 필요를 느꼈다. 이런 생각을 하던 때, 마침 뉴욕으로 리서치를 떠날 좋은 기회가 찾아왔다. 팬데믹의 막바지였다고 하더라도 가장 많은 사망자를 낸 미국으로 떠나기 위한 결정은 쉽지 않았지만 나는 그 길을 나섰고, 자연스레 따라오는 입국과 출국을 위한 수많은 검사와 절차를 감수해야 했다.

하지만 도착한 미국은 한 차례 폭풍이 휘몰아치고 가서인지 심각하기보다는 되레 자유로운 분위기였다. 공공장소에 입장할 때 최소한의 방역 조치인 체온 검사는 있었지만, 마스크 착용이나 집합 제한도 개인의 선택 사항이었다. 가장 인상적이었던 것은 큰 성당에서 열린 뉴욕 필하모닉 오케스트라의 송년 음악회였다. 전 세계를 휩쓴 병마도 이 사회가 꾸준히 해오던 송년 음악회와 그 프로그램으로 늘 공연되어 왔던 헨델의 〈메시아〉 연주는 절대 막지 못한다는 듯 모인 관객들의 표정은 왜인지 결연했지만, 또한 한없이 자유로워 보였다.

헨델의 메시아가 연주되기 시작하자 나는 악단보다 관객에게서 더 크게 감동했다. 떠나간 누군가를 위한 시간인 것처럼 눈물을 흘리며 기도를 하는 사람, 눈을 감은 채 한 해 중 가장 황홀한 시간이라는 듯이 감상하는 사람, 발을 구르며 음악이 나아가고 있는 힘찬

대목을 즐기는 사람 등 자기만의 방식으로 한 해의 마지막을 온몸으로 느끼며 또 보내고 있었다. 헨델의 〈메시아〉를 연주하는 송년 음악회에서 행해지는 유명한 전통인, 〈메시아〉의 가장 유명한 부분 '할렐루야'를 함께 부르는 대목에서는 공연장을 가득 메운 모든 사람들이 자리에서 다같이 일어섰는데 마치 인류가 병마에게 절대로 지지 않겠다는 선언과 같이 느껴졌다.

그다음 날, 나는 메트로폴리탄 미술관에서 우연하게도 바르톨로메오 크리스토포리가 만든 최초의 피아노와 마주치게 되었다. 긴 세월을 버텨온 그 피아노 앞에 서니, 인류에게 전쟁과 병마와 같은 고통과 절망, 위기의 순간에도 음악은 계속 살아남았고 이 피아노가 그 생존을 증명하고 있음을 느낄 수 있었다. 또한 늘 스스로 절망과 고통을 만들어 내면서도 예술로부터 위로받고자 하는 인간과 그 인간이 만들어낸 많은 문명의 수많은 악기들이 눈에 들어왔다. 뜻하지 않게 우연히 만난 인류 최초의 피아노와 수많은 악기는 내게 큰 깨달음을 주었다. 음악은 인류와 끝까지 함께할 거라는 것을.

동시에 중고 거래 모바일 플랫폼에서 본 수많은 업라이트 피아노들을 떠올렸다. 크리스토포리의 피아노와 이들 사이의 역사적, 물리적 거리를 생각하며, 지구상에 번성한 수많은 피아노, 그리고 한국에서는 버려지고 있는 피아노에 대해 생각해 보았다.

그 순간, 버려진 업라이트 피아노를 분해하고, 마치 하프시코드가 피아노로 진화한 것처럼, 내 메시지를 담아 피아노의 다음 세대처럼 생긴 새로운 악기를 만들어야겠다는 생각이 머리를 스쳤다. 〈휴먼 퓨가〉 공연을 끝내면서 프리페어드 기법 전용 악기를 만들고 싶었던 기억이 강렬하게 떠올랐다.

리서치 여행을 마치고 한국으로 돌아와 2주간 자가격리를 하면서 어디엔가 홀린 것처럼 하루에 몇 시간씩 작업실을 알아보기 시작했다. 이제는 집에도 피아노를 편하게 칠 수 있는 방음시설을 마련해 놓았지만 피아노를 마음 편히 연습할 수 있는 공간이었을 뿐 버려진 피아노를 구해다가 분해해서 새로운 악기를 만들 수 있는 제작소가 될 수는 없었다. 분명 내가 할 작업은, 서양음악사의 누적된 시간의 무게가 단단히 붙어 있는 것을 망치와 모루로 분해하고, 원하는 모양으로 깎아내고 두드리고 재조립하면서 수많은 먼지와 소음을 유발할 터였다.

운이 좋게도 집 근처에 한 교회음악 밴드가 사용하던 지하연습실이 선물처럼 매물로 나왔다. 내가 사는 지역은 홍대 앞처럼 적당한 방음시설이 되어 있는 지하 작업실이 많은 지역도 아니다. 그런데 자가격리를 하는 도중에 갑자기 나타난 이 작업실은 마치 이 일을 해야만 하는 계시가 내려온 것처럼 신기할 따름이었다. 나는 이것저것 따지지도 않고 덜컥 계약부터 해버렸다.

딸의

피아노

 신악기 PNO를 제작하기 위한 첫걸음으로 나는 버려지거나 버려지기 직전의 피아노를 물색하기 시작했다. 어떤 모양이나 구조가 될지는 모르겠지만 새로 만들어질 신악기는 버려진 피아노를 재료로 탄생해서, 악기 자체가 피아노를 버리고 있는 사회 현상을 의미했으면 했다. 버려진 피아노에서 탄생한 신악기, 그리고 그 신악기가 만들어내는 소리는 어둡고 괴상할 수도 있겠지만 어쩌면 그 소리가 우리가 너무 가볍게 생각했던 피아노와의 소중한 기억을 소환할 수도 있을 거라는 희망이 있었다.

중고 거래 플랫폼에서 새 주인을 기다리는 수많은 업라이트 피아노들을 보면서, 피아노의 가치가 얼마나 떨어졌는지 실감할 수 있었다. 한때 적어도 300만 원은 족히 되었을 업라이트 피아노들은 긴 세월이 흘렀다 해도 겨우 10만 원, 20만 원에 거래되고 있었다. 사진으로만 봐도 상태가 좋지 않은 피아노들인 경우에는 운반비를 구매자가 부담하는 조건으로 공짜로 가져가라고 제안하는 판매자들도 많았다.

마음 같아서는 재료와 만듦새에 따라 각자 다른 소리를 내는 피아노들을 작업실로 여러 대 가져와서 다양한 시도를 해보고 싶었으나, 한정된 공간을 피아노로만 채울 수는 없는 상황이라 연구 및 재료용으로 피아노 한 대, 신악기의 본체가 될 피아노 한 대, 총 두 대의 업라이트 피아노를 구해야겠다고 생각했다. PNO 제작 재료로 염두에 둔 모델은 국내 피아노 제조사가 만든 큰 키를 가진 초창기 업라이트 모델로 주로 교습 학원에 많이 보급된 피아노였다.

업라이트 피아노는 키가 클수록 서 있는 프레임

과 음향판의 크기가 커지고 현의 길이가 길어지니, 음량이 크고 음색이 풍부할 가능성이 높다(프레임이 본래대로 누워 있는 그랜드 피아노는 피아노의 길이가 길어질수록 그럴 것이다). 외관은 가능하면 나무 본연의 색을 간직한 것이 좋겠다고 생각했다. 악기로서 기능에는 문제가 없어야겠지만 새로운 악기로 탄생하기 위해 해체할 수도 있겠다고 생각하고 있었기에 외관이나 조율 상태는 크게 고려하지 않았다.

며칠 뒤, 집에서 그리 멀지 않은 곳에 찾고 있던 피아노가 나타났다. 거래 장소는 한 아파트 단지였다. 크기와 무게 때문에 당연히 직접 들고나올 수 없는 물건이므로, 구매자인 내가 직접 집으로 방문해야만 하는 거래였다.

나를 어색하게 집으로 맞이한 이는 백발의 할아버지였다. 중고 거래 자체가 익숙지 않아 보였던 할아버지는 조금 부끄러워하며 인사를 건넸다. "몇십 년이 되도록 공간만 차지하고 있어 팔기로 했으나 무를 수는 없으니 웬만하면 잘 보신 후에 가져갔으면 좋겠다"고 했다. 왜 오래된 피아노를 구하냐는 할아버지의 질문에

124

125

는 동네에 피아노 학원을 열려고 하는데 아이들이 마구 연주해도 좋을, 그래서 마음 편히 연습할 수 있는 저렴한 피아노를 찾고 있다는, 작은 거짓말로 나는 할아버지의 긴장을 풀어드렸다. 할아버지는 고개를 끄덕이며 이내 편안한 표정으로 피아노가 있는 방으로 나를 안내했다. 나만의 새로운 악기를 만들기 위해 해체할 피아노를 구하러 다니고 있다고 말했다면 "아 그렇군요"라며 편안한 표정을 짓지는 못했을 것 같다.

　　피아노를 직접 만나보니 정작 피아노는 이사 갈 준비가 전혀 되어 있지 않았다. 피아노 상판을 덮고 있는 하얀 레이스 위에는 오래되었지만 다정함이 그대로 느껴지는 가족사진들과, 오래전 아마도 가장 많이 이 피아노를 연주했을 어린 딸이 밝게 웃으며 피아노를 연주하고 있는 사진이 놓여 있었다. 직사각형의 피아노 의자 뚜껑을 열어보니 해진 십수 권의 악보집들이 들어 있었고, 지금은 아니지만 오래전에는 이 피아노가 딸에게서 무척 사랑받았음을 말해주고 있었다.

　　당연히 내가 피아노를 연주해 볼 거라고 생각하지 못해서인지 건반 위에는 먼지가 수북했다. 툭툭 털어내고 간단한 곡을 연주하니 예상했던 대로였다. 족히

십 년 이상 아무도 건드리지 않았을 건반은 건반에 부여된 본래의 음정과는 아예 관련이 없어졌을 뿐만 아니라 목이 쉰 것 같은 탁한 음색을 들려주었다. 할아버지가 민망해한다는 것을 잠시 느꼈다. 아마도 할아버지가 기억하는 이 피아노 소리는 잘 조율된, 명랑하고 또랑또랑한 소리였을 것이다. 살아 있는 생명체라도 이렇게 긴 겨울잠을 잔다면 바로 좋은 목소리가 나오지 않을 것인데 물건이라고 다를 리 없다.

실력 있는 조율사에 의해 금세 좋은 소리를 낼 수도 있겠지만, 조율사도 쉽게 고칠 수 없는 음향판의 상태는 확인해야만 했다. 기온과 습도가 극단적으로 오가는 우리나라의 변덕스러운 기후에서는 음향판이 손상되었을 가능성이 높기 때문이다. 피아노를 조심스럽게 밀어 확인해 본 피아노의 뒷면, 그러니까 음향판은 마치 지진이 나서 갈라진 콘크리트 도로처럼 깊고 뚜렷하게 금이 가 있었다. 바이올린 몸통이 갈라져 있는 것에 못지않게 이런 상태의 음향판은 악기로서 기능을 제대로 발휘할 수 없게 한다.

할아버지께 음향판의 상태 때문에 아쉽지만 구

매할 수 없겠다고 이야기하니 나는 피아노를 잘 모르지만 당연히 그럴 법하겠다며 이해해 주었다. 다만 그 순간 내가 분명히 느낀 것은, 그 피아노를 팔지 않게 되어 오히려 다행이라고 안도하는 듯한 할아버지의 눈빛과 표정이었다. 딸과의 추억이 새겨진 피아노를 조심스레 다루고 연주하는 나의 모습에서, 할아버지는 아마도 딸과의 소중한 시간을, 그리고 또랑또랑하고 명랑한 피아노의 음색을 떠올렸을지도 모른다.

　　"한때 좋은 추억이 있으시지 않냐"고, "딸이 열심히 연주했던 피아노를 왜 팔려고 하시느냐" 물어보자, 할아버지는 그렇지 않아도 딸의 아들, 손주가 연주했으면 좋겠기에 가져가라고 했더니 딸은 전혀 필요하지 않으니 아버지가 알아서 처분하라는 대답이 돌아왔다고 했다. 그러고는 "내가 그냥 가지고 있어야겠어"라며 덧붙이는 말씀에서는, 그저 피아노가 아니라 딸과의 기억을 계속 간직하겠다는 아버지의 마음이 느껴졌다. 비록 거래는 이루어지지 않았지만, 그 자리를 떠나면서 받은 할아버지의 배웅은 방문했을 때보다는 편안했고 또 조금 쓸쓸하기도 했다.

그 뒤에도 나는 여러 가정집을 방문하면서 업라이트 피아노의 가치가 떨어질 대로 떨어졌다는 것을 절감했다. 하지만 그것과 상관없이 이 피아노라는 악기가 할아버지와 딸과의 추억처럼 돈으로는 바꿀 수 없는 귀중한 가치를 가지고 있다는 것도 다시 한번 깨닫게 되었다. 많은 물건이 그렇겠지만 피아노가 조금 더 깊은 추억을 소환하는 물건이라면, 아마 음악이라는 물감으로 가족들의 시간에 진하게 흔적을 남겨놓았기 때문이 아닐까. 나는 이제 더 이상 새로 만들 신악기의 재료가 될 피아노를 가정집에서 직접 구하기는 싫어졌다.

피아노

공동묘지

나는 가족이 함께한 추억이나 손길, 체온이 남아 있는 듯한 피아노는 구하지 않기로 했다. 아무리 신악기로 재탄생할 것이라고 하지만 오랜 시간이 지나도 누군가의 체온이 느껴지는 피아노를 분해해서 재료로 만들고 싶지는 않았기 때문이다.

이제는 해체가 되는 것이 마땅할 정도로 망가진 피아노, 고철이 되기 일보 직전의 피아노를 구하기 위해 인터넷을 뒤지기 시작했다. 어렵지 않게 한 피아노 수거 업체의 홈페이지를 찾을 수 있었다. 피아노 수거 전문이라는 업체 소개와 함께 피아노를 수거하는 현장과 그렇게 수거된 피아노 여러 대를 사진으로 볼 수 있었다. 수입 브랜드는 고가로 매입한다는 문구가 국내에서 제조된 피아노는 헐값에 매입한다는 말처럼 읽혔다.

블로그에 있는 사장님의 연락처로 전화를 거니 한창 피아노를 수거하는 현장이었는지 숨을 몰아쉬며 전화를 받았다. 전화기 너머로 함께 일하는 분의 목소리와 아마도 피아노일 것이 분명한 무거운 것을 힘을 주며 옮기는 소리, 무거운 것이 옮겨지면서 바닥이 쓸리는 소리가 들려왔다. 지금 당장은 바로 내 의도와 목적을 쉽게 전하기 어려울 것 같아 다시 연락하기로 했다.

일을 마친 후 땀이 마른 것 같은 목소리로 돌아왔을 때야 나는 내가 찾고 있는 피아노 이야기를 꺼낼 수 있었다. 사장님은 가지고 있는 피아노가 워낙 많고, 모델을 리스트로 정리해 기록해 두지는 않아서 원하는 피아노를 찾을 수 있을지는 모르겠지만 많이 판매된 모델인 것 같으니 한번 직접 와서 찾아보라고 했다. 일단 와보라는 식으로 손님을 유인해서 원하지 않는 중고차를 덤터기로 판매한다는 악성 중고차 판매 이야기가 잠시 떠올랐지만 일단 가보는 방법 외에는 별다른 방법이 떠오르지 않았다.

정해준 날짜에 맞춰 친한 형과 함께 방문하기로 했다. 내가 원하는 피아노를 찾을 수 있을지는 미지수이지만 신악기 PNO를 만들어가는 여정의 중요한 시작이 될 것 같다는 직감이 들었다.

업체는 경기도의 작은 도시에 있었다. 꽤 오랜 시간 동안 운전을 해서 찾아갔더니 피아노 관련 업체나 건물은 전혀 보이지 않아, 주소 근처 공터에 잠시 차를 멈춰놓고 찾아보기로 했다.

"혹시 저 건물 아니야?"

형이 손가락으로 가리킨 곳은 '굼벵이 농장'이라는 간판이 걸려 있는 비닐하우스였다. 그럴 리 없다고 생각하며 가까이 가보니 비닐하우스 문 옆에 비닐하우스와는 잘 어울리지 않는 것 같은 갈색 피아노 의자가 보였다. 분명 약용 굼벵이를 키우는 농장에서 발견하기 쉬운 물건은 아니었다. 사장님에게 전화를 해 '굼벵이 농장' 앞에 도착했다고 하니, 제대로 찾아왔으니 들어오라고 했다.

"찾기 힘들지 않았어요? 사람들은 여기에 피아노가 이렇게 많이 있을 거라고 생각을 못 해요."

사장님은 일부러 찾아온 우리가 아주 대견하다는 듯, 가끔 이렇게 다 망가진 피아노가 필요해서 찾아오는 특이한 사람들이 있다고 덧붙였다. 인테리어 목적으로 카페나 식당 사장님들도 온다고 했는데 신악기를 만들기 위해 버려진 피아노를 찾으러 다니는 나도 분명 그 특이한 사람 중 하나가 될 터였다.

사장님의 안내를 받아 긴 비닐하우스 더 안쪽으로 들어가니 한눈에 봐도 상태가 좋지 않은 피아노 수십 대가 다닥다닥 늘어서 있었다. 눈과 비를 피할 수 있으면서도 기온이 일정하게 유지되는 비닐하우스야말로 건물이 아니고서야 가장 저렴하면서도 안전하게 피아노를 보관할 수 있는 야적장이 될 것이고, 그게 약용 굼벵이를 키웠던 비닐하우스 '굼벵이 농장'에 수십 대의 피아노가 있는 이유였다.

전부 백 대는 족히 넘을 것 같은 피아노들이 비닐하우스에 있는 것도 생경한데 수북이 먼지가 쌓인 것은 물론이고, 옆면에 배출 쓰레기 스티커가 족히 스무 장은 붙어 있는 피아노, 여기저기 옮겨 다니며 충격을

132

133

받았는지 이가 빠진 것처럼 많은 건반이 빠져 있는 피아노, 아예 다리나 상판이 사라진 피아노를 보니 난생처음 겪어보는 감정이 들기 시작했다. 전쟁터의 야전병원 같기도, 유기견 보호소, 아니 피아노 공동묘지로 느껴지는 광경에 나도, 같이 온 형도 말을 잃었다.

한때 사랑의 손길을 듬뿍 받던 것들이 버려지고 그 존재들이 모이면 이렇게 슬프고 안타까운 공간이 되는 것일까. 애써 표정을 정돈하고 사장님의 허락을 구한 뒤 버려진 존재들이 모여 만드는 쓸쓸함을 내 눈과 카메라 렌즈에 구석구석 담았다.

조율사이자 큰 규모의 국내 피아노 브랜드 대리점도 운영했다는 사장님은 개인적인 사정으로 하던 일을 모두 정리하게 됐고 꽤 오랫동안 피아노 수거와 수리를 해왔다고 했다. 더 젊었을 때는 피아노 만드는 제조 공장에서도 일했다고 했다. 피아노 수거 요청 연락을 받으면 가끔 무척 상태가 좋은 건 돈을 주고 사 오고, 좋지 않은 것들은 수거 비용을 받고 가져온다고 했다. 그중에서 조금 손을 보면 쓸 만하겠다 싶은 것들은 손을 봐서 중국에 수출한다고 했는데, 피아노 제조 공장을 거쳐 조율사를 한 분이니 오죽 잘 고칠까 하는 생각이 들었다.

그러고 보니 비닐하우스 안쪽에 컨테이너가 한 동이 들어와 있었고 그곳을 수리 전용 공간으로 쓰는 것 같았다. 컨테이너 안으로 들어가 보니 여러 마대 속에 해체된 건반이며 현이며 액션 장치들이 제각기 분류되어 쌓여 있었고 조율 기구부터 수리 공구들이 어지럽게 놓여 있었다. 지금, 이 모습도 내가 생각하는 PNO라는 작품 속 일부가 될 수 있겠다는 호기심이 들어 사장님께 여러 질문을 이어갔다.

한국의 피아노는 요즘 점점 더 많이 버려지는 것 같아 바빠졌다고 했다. 수거를 계속 해도, 계속 피아노들이 나오니 우리나라 사람들이 얼마나 피아노를 많이 샀는지 상상도 못 하겠다고. 중국의 클래식 음악 교육열이 그 버려지는 셀 수 없는 물량을 소화해 주고 있다고 했다.

"피아노를 버리는 이유가 여럿 있겠지만 주로 그거죠, 층간소음."

사장님은 피아노가 집안에서 더 이상 환영받지 못하는 안타까운 이유를 하나로 딱 잘라 말했다.

"점점 더 많은 사람이 아파트에 살게 되고, 예전에는 어느 정도 이해를 해주었지만, 요즘은 '땡' 한 번 소리 내면 어휴, 알잖아요."

사장님은 손사래를 쳤다.

'굼벵이 농장'의 광경과 사장님의 이야기는 내가 이곳을 찾아온 이유를 잠시 잊을 정도였다. 사장님과 여러 이야기를 나누고 나서 나는 사장님이 미리 내 설명을 듣고 골라 놓은 피아노 몇 대 중에서 신악기로 태어날 피아노를 두 대 발견할 수 있었다.

PNO,

해체된 피아노로 만드는

신악기

덜컥 작업실을 구해놓은 뒤 다음 순서는 버려진 피아노를 구하러 다니는 것과 동시에 새로운 악기를 함께 만들고 이를 공연화 할 동료들을 모으는 것이었다. 음악비평가, 작가, 배우, 영상 작가, 조각가, 타악기 연주자, 기획자 등 함께 작업하고 싶었던 사람들이 하나 둘 합류하기 시작했다. 이렇게 다양한 창작 배경을 가진 사람들이 모여 서로 다른 예술적 감각으로 과거와 지금, 미래의 피아노를 바라보기를 소망했다. 한때 누군가에게 애정 어린 손길을 받았으나 지금은 버려진 피아노를 되살려 새로운 악기로 재탄생시켜 피아노를 버리고 있는 동시대에 의미 있는 메시지를 던질 수 있게 되길 바랐다. 그리고 그렇게 태어난 신악기를 공연 〈PNO〉의 무대 위에 공개해 많은 이들에게 신선한 충격을 줄 수 있기를 바랐다.

이 프로젝트를 공식적으로 시작하기로 한 어느 날, 모두가 새로 마련된 지하 작업실에 모여 '굼벵이 농장'으로부터 가져온 두 대의 피아노 중 하나를 해체하며 모임을 본격적으로 시작했다. 상대적으로 이런 작업에 능숙한 조각가 동료가 공구를 사용해 앞장서 피아노를 해체하기 시작했고 우리 힘으로 해체할 수 있는 최소 단위까지 계속해서 해체해 나갔다.

외관은 자연스럽게 분리가 되었지만, 내부는 여러 공구로 강제로 쪼개거나 내리쳐야 해체할 수 있었다. 삼백 년이 넘는 긴 진화를 통해 오늘의 모습으로 완성된 피아노가 해체되는 데 걸리는 시간은 고작 한 시간 정도였다. 누구도 쉽게 해체를 시도하지 않을 완성품의 구조를, 샅샅이 해체하며 맞이한 영감의 순간과 피아노의 실체를 낱낱이 꿰뚫어 본 것 같았던 시간은 무척 생생하고 직접적이었다.

　타악기 연주자는 미리 얘기된 대로 해체된 울림판에 프리페어드 연주를 위해 준비된 다양한 물질, 못, 나사, 컵 등을 현과 현 사이에 설치하기 시작했고 이를 뜯거나 두들기며 즉흥 연주를 시도했다. 버려져 해체된 피아노의 울림통이 만드는 생경한 소리에 모두가 숨을 죽였다. 버려졌던 존재가 다시 다른 존재로 환생해 우리에게 말을 거는 순간이었다. 수십 개의 조각으로 분해된 피아노가 어떤 악기로 재탄생될지 아무도 예상할 수 없었던 때였다.

　이후 몇 달간 'PNO' 팀원들은 수시로 모여 2023년에 만들어질 새로운 악기가 어떤 기준과 근거를 바탕으로 만들어져야 하는지 논의하기 시작했다. 먼저 내가 신악기를 만들고자 했던 가장 큰 동기부터 이야기했다. 프리페어드 연주를 하는 것이 수월했으면 하는 것. 뒤이어 층간소음으로 인해 버려지고 있으니 소리를 줄여주는 약음기를 달아보자는 의견이나 가만히 앉아서 고정된 자세로 연주해 왔으니 신악기와 연주자가 자유롭게 움직일 수 있었으면 좋겠다는 등 흥미로운 의견들이 쏟아지기 시작했다. 그럼에도 이 악기의 탄생 의의를 직접적으로 단번에 이해할 수 있는, 더욱 명쾌한 근거가 필요했다.

여러 생각과 논의만 오갈 뿐 선뜻 실행하지 못하는 지지부진한 단계에 있던 어느 날 생각과 기분을 전환할 겸 여러 지인과 함께 차를 운전해 강원도로 산행을 가게 되었다. 평소 운전을 하면서는 대개 차분하고 조용한 음악을 듣는데 이날만큼은 이른 오전부터 출발한 터라 졸리지 않도록 록 밴드의 무척 시끄러운 음악을 틀었다. 물론, 신나는 여정이 되었으면 하는 마음도 있었다.

한창 앨범이 중반을 지나고 있을 때 순간 나는 록 밴드의 구성, 그러니까 전기기타, 베이스 기타, 드럼, 건반처럼 피아노가 피아노 한 대 안에서 나뉘어 연주될 수 있겠다는 생각이 들었다. 피아노란 원래 그런 악기가 아니었던가. 건반악기이지만 현악기일 수 있는, 타악기가 될 수도 있는 악기. 다양한 성격이 한데 모여 있는 악기. 고대 한 철학자가 외친 '유레카'가 21세기를 사는 나에게 전달되는 순간이었다. 흥분되는 마음을 억

누르고 옆자리 지인에게 말했다.

"나, 어떻게 만들어야 할지 찾은 것 같아."

각각의 성격을 각각의 악기로 분리할 수 있는 모듈형 구조가 떠올랐다. 무대에 한 대의 피아노가 등장해서 여러 대의 악기로 분리되는 장면이 연상되었다. 바이올린, 첼로, 피아노가 모이면 피아노 3중주라고 하지 않는가. 현악 4중주와 피아노가 만나면 또 피아노 5중주라고 하지 않나. 여러 악기가 모여도 꼭 '피아노 몇 중주'라고 부르는 까닭은 원래 피아노가 다른 악기들을, 그러니까 여러 사람을 모일 수 있게 해주는 특성을 가진 공간 같은 악기이기 때문이 아닐까.

나는 새로 태어날 신악기는 독주를 위한 악기가 아니라 세 대의 악기로 분리되어 함께 연주할 수 있는 '합주 악기'로 태어나야 한다고 생각했다.

Prepard New Objects,

PNO

물구나무선 사자, 코끼리 첼로, 거북이 의자

세 대의 악기로 분리되는 악기의 전체적인 콘셉트와 구조가 결정되었으니 이제 각각의 세 악기를 구체적으로 어떻게 만들지 고민할 차례였다. 굼벵이 농장표 두 대의 피아노 중, 연구용으로 한 대의 피아노를 해체했으니 이제 남은 한 대의 피아노가 신악기의 재료로 쓰이게 되리라.

먼저 건반악기 본체를 제작하기로 했다. 건반악기는 내내 생각해 왔던 프리페어드 전용 악기로 만들어졌으면 했다. 연주 자세를 제한하는 피아노와 다르게 이 악기는 연주자가 자유롭게 여러 자세로 연주할 수 있기를 바랐다. 그러려면 본체를 연주자와 직접 마주 볼 수 있도록 세워야 했기에 이를 위해 안전하게 본체를 세워줄 수 있는 무쇠 틀을 제작했다. 틀에는 바퀴를 달아 이 악기를 자유롭게 움직일 수 있게 했다.

피아노는 탄생한 이후 내내 손등을 위로 두고 연주되게끔 설계되어 만들어져 온 악기였던 만큼 신악기는 이 당연한 구조를 뒤집어 본다는 의미로 손등을 바닥을 보며 연주하는 구조로 설계해 보면 좋겠다는 생각이 들었다. 필요시에는 거꾸로 달린 액션 구조로 건반 연주를 할 수 있으면서도 직접 현이나 다른 부분을 프리페어드 연주할 수 있게 만들었다.

건반악기 본체 상단 부분에는 여러 상징적 의미를 넣고 싶었다. 피아노 페달을 거꾸로 상단에 달아 페달이 각각 피아노를 구성하는 주재료인 나무, 펠트, 쇠를 부딪혀 소리를 낼 수 있도록 만들었다. 고대 악기에서 발견할 수 있는 '제의적' 성격을 새로운 악기에 소환해 보고 싶다는 생각이었다.

피아노 발명가 크리스토포리의 최초의 피아노

를 살펴보면 백건과 흑건 모두 나무로 만들었고 흑건에만 검정색 칠을 해서 백건 부분은 그대로 나무색이다. 하지만 백건이 말 그대로 하얀색 건반이어야 한다는 생각에 사람들의 과시욕이 더해져, 19세기 이후 일부 피아노 제작자들은 백건에 상아를 쓰기 시작했다. 상아는 건반뿐 아니라 각종 장신구와 보석, 고급 재료로 쓰이면서 그 수요가 폭발해 한때는 상아가 없는 코끼리 종이 우세종인 때도 있었다고 한다.

물론 지금 대부분 피아노의 백건은 나무에 가공 처리를 해 하얗게 칠을 한 것이지만 새로 태어나는 신악기에서는 백건을 배제해서 동물들을 늘 기호와 과시의 재료로 삼아왔던 사람들의 선택을 비판하고 싶었다. 동물을 '취미'로 사냥하고 이를 박제해 자랑하는 악습의 흔적은 피아노 다리 장식에서도 쉽게 발견되었다.

이에 문제를 제기하는 의미로 맹수의 다리처럼 조각된 한 쌍의 피아노 다리 장식을 이 악기의 상부에 거꾸로 매달고, 그 사이에 줄을 연결해 흑건들만 매달려 있게 만들었다. 이 부분을 잡아 흔들면 마치 아프리카의 나무 타악기 '래틀'처럼 연주될 수 있게 하고 싶었다. 흑건을 흔들면서 백건으로 인해 희생된 코끼리들을 위한 제의의 연주를 상상한 것이다. 건반도 손을 뒤집어 연주하는 데다 페달과 다리도 거꾸로 달아 놓으니, 마치 물구나무선 것 같은 모양새가 되었다. 그래서 우리 팀은 이 악기를 '물구나무선 사자(Handstanding Lion)' 라고 부르기로 했다.

이제 두 번째 악기를 만들 차례였다. 건반악기를 만들었으니, 건반악기와 함께 합주 될 현악기를 만들어야 했다. 피아노의 나무 외관 부분과 상판, 그리고 피아노의 현을 이용해 마치 국악기 아쟁처럼 누워 있는 형태의 현악기를 고안했다. 동시에 피아노가 2차 산업혁명을 통해 한 번 더 진화했다면, 전기 악기의 요소가 탑재되었을 것 같다는 상상을 악기에 도입해 전기를 통해 볼륨을 증폭시키는 형태로 고안했다. 이를 위해 보통 전기기타가 소리를 내는 원리 중 하나인 피에조 마이크를 달아 현의 울림을 스피커를 통해 크게 들을 수 있도록 만들었다.

이 악기를 만들면서 내가 상상한 소리는, 우아하거나 편안한 소리가 아니라 마치 고통스러운 코끼리의 울음소리를 닮았으면 했다. 활로 피아노 현을 긁자 스

147

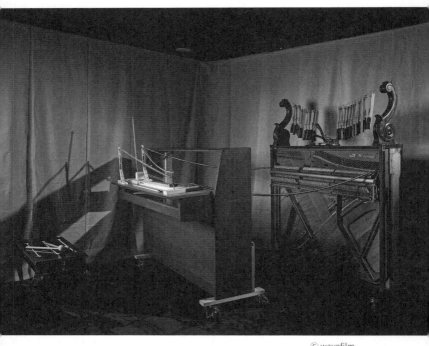

피커를 타고 정말 원하는 소리가 났다. 인간을 위한 악기를 위해 학살당하다시피 했던 코끼리의 고통을 묘사하는 것 같은 이 악기의 이름은 '코끼리 첼로(Elephant Cello)'가 좋을 것 같았다.

두 악기가 비판적인 의미를 담거나 고통스러운 소리를 내는 만큼, 마지막 남은 악기는 보는 이로 하여금 재미를 줄 수 있는 악기였으면 했다. '귀신통 이야기'가 떠올랐고 신악기 제작을 함께하고 있는 타악기 연주자가 피아노 의자를 타악기로 만들어 보면 어떻겠냐는 제안을 했다. 피아노 의자가 1900년 사문진 나루터에 피아노와 함께 도착했다면 조선 사람들은 이 의자를 무엇이라고 생각했을까, 어쩌면 다듬이를 치는 것처럼 두드려 보지 않았을까, 하는 상상에서 비롯된 악기였다.

피아노 의자의 상판을 조각해서 여러 부분을 연주했을 때 각기 다른 높낮이의 소리를 낼 수 있도록 제작했다. 늘 피아노와 붙어 다니지만, 앉는 기능 외에는 악기로서는 누구도 생각해 보지 않았던 피아노 의자를 세 번째 악기로 만들었다. 조각된 상판이 마치 거북이 등껍질같이 보이기도 해서 우리는 이 악기를 '거북이 의자(Turtle Chair)'라고 부르기로 했다.

이렇게 물구나무선 사자, 코끼리 첼로, 거북이 의자, 세 대의 악기가 완성되었다. 많은 팀원이 논의의 과정에 함께하며 기존의 피아노로부터 이 시대에 새로 태어나게 될 신악기의 제작 방향을 함께했다. 특히 제작 솜씨가 좋은 타악기 연주자와 조각가에게는, 깎고 자르고 붙이고 달면서 나와 함께 악기 제작자들로 거듭나는 시간이었다.

나는 이 악기의 이름을 '프리페어드 뉴 오브젝츠, 피엔오Prepared New Objects, PNO'라고 지었다. 새롭게 준비된 사물들이라는 뜻의 이름이 붙은 이 악기들로 버려진 피아노에서 나오는 예상치 못했던 새로운 소리를, 괴상한 모습에 깃들여진 고민과 메시지를 알리고 싶었다. 이제 이 악기로 어떤 곡을 연주할지, 어떤 공연을 만들지 고민할 차례가 되었다.

그랜드 피엔오에

담은

세 가지 생각

　　피아노가 그랜드 피아노와 업라이트 피아노, 두 가지 형태로 발전되어 온 것처럼 나는 피엔오도 '그랜드 피엔오'와 '업라이트 피엔오' 두 가지 형태로 만들고 싶었다. 업라이트 피엔오는 버려진 피아노를 재료로 재탄생시켰지만, 많은 사람이 인정할 수 있는 악기의 형태로 제작하려고 혼신의 힘을 다했다. 비록 피아노처럼 모두에게 사랑받을 수 있는 아름다운 소리를 만들어 내지는 못하지만 피아노가 가진 복합적 성격을 구현한 현악기, 타악기, 건반악기 피엔오가 피아노가 지나온 진화 과정에서 이루어졌던 여러 선택에 의문을 제기하고 합주 악기로서의 가능성을 보여주었으면 했다. 어쨌든 업라이트 피엔오는 현악기인 '엘리펀트 첼로', 타악기인 '터틀 체어', 건반악기인 '핸드스탠딩 라이언'이라는 눈에 보이고 연주할 수 있는 악기로 만들어졌다.

하지만 그랜드 피엔오는 어쩌면 많은 사람이 악기로 인정하지 않을 수도 있는, 새로운 개념의 것으로 제작하고 싶었다. 피아노는 탁월한 반주 능력을 통해 사람들을 모이게 하고 여러 악기를 끌어모아 피아노 3중주, 피아노 5중주 등 앙상블을 구성하는 포용력을 가진다. 이에 착안해서 그랜드 피엔오를 단순한 악기가 아닌 사람들이 모일 수 있는 공간으로 만들고 싶었다. 그랜드 피엔오는 악기라기보다는 공간으로 만들어져야 했다. 그리고 그 공간을 통해 나는 피아노가 점차 버려지고 인공지능과 로봇이 악기를 연주하는 시대를 마주한 미래의 인간은, 과연 어떤 악기를 연주하게 될지 표현해 보고 싶었다.

내가 생각하는 피아노의 미래인 그랜드 피엔오

를 구상하면서 다음의 세 가지 생각을 담으려 했다. 첫째, 연주하는 악기라는 물리적 특성보다는 개념을 담아내는 거대한 공간일 것. 그 예로 가장 먼저 떠올린 것은 피아노가 탄생하기 전 건반악기의 원조인 오르간이었다. 단순한 음악적 도구를 넘어 영적인 공간으로서 역할을 하는 오르간은 성가대와 찬송을 이끄는 예배의 중심이었다. 나는 그랜드 피엔오가 대형 파이프 오르간처럼 거대한 구조물로 제작되어 시각적으로도 압도할 수 있는 공연 〈PNO〉의 결론이자 핵심 개념이 되길 바랐다.

둘째로 마치 피아노의 내부 같은 디자인으로 만들어졌으면 했다. 거대한 그랜드 피엔오의 내부에서 피아노를 떠올릴 수 있는 여러 시각적 요소를 찾아볼 수 있도록. 피아노 내부에서 여러 가지 다양한 장치들이 맞물려 어우러지면서 소리가 나는 것처럼, 나는 이 공간 내부에서도 다양한 예술이 등장해 맞물려 어우러지면서 만들어지는 새로운 형태의 예술을 제시하는 장면을 상상했다.

마지막으로 그랜드 피엔오는 아파트와 같은 복층 구조로 만들어졌으면 했다. 그리하여 업라이트 피

153

152

엔오가 그랜드 피엔오에 다시 합체되는 장면을 통해 나는 버려진 피아노가 다시 가정으로 돌아가는 장면을 연출하고 싶었다. 여러 악기와 많은 사람을 모이게 했던 피아노가 더 이상 버려지지 않는 가상의 공간을 만들고 싶었다.

  〈PNO〉의 초연을 3개월 앞두고 마침내 위 생각들이 투영된 설계도가 나왔고 공연 며칠 전 무대에서 나는 그랜드 피엔오가 조립되어 완성되는 모습을 만날 수 있었다. 피아노에 많은 철이 쓰이는 것처럼 철로 만들어져 검게 칠해진 그랜드 피엔오는 공연 후반부에 이르면 이 공연의 결론으로서 등장한다.

  초연이 끝나고 관객과의 대화 시간을 맞이했다. 거대한 그랜드 피엔오의 등장이 역시 인상적이었던 것일까. 여러 관객이 그랜드 피엔오에 담긴 제작 의도와 의미를 질문했다. 내가 그랜드 피엔오에 담고자 했던 세 가지 생각을 이야기하는 동안 고개를 끄덕이는 많은 관객분을 볼 수 있었다. 마지막으로 '무엇보다 층간소음으로 인해 피아노가 더 이상 버려지지 않는 공간이자 악기로서 그랜드 피엔오를 만들고 싶었다'고 덧붙이고 나서 나는 관객분들과 가장 큰 공감과 교감을 형성하고 있음을 느낄 수 있었다.

거대한 그랜드 피엔오는 다시 분해되어 작업실에 쌓여 있다. 다시 극장 공간을 '거대하게' 점유하는 날을 기다리면서 말이다.

피아노

고르는 법

나는 현재 집에 그랜드 피아노 한 대, 작업실에 업라이트 피아노 한 대, 두 대의 피아노를 가지고 있다. 피아노를 해체해 새로 만든 신악기인 PNO Prepared New Objects도 피아노라고 친다면 총 세 대를 가지고 있는 셈 이지만 일단 모두가 피아노라고 인정할 수 있는 두 피 아노를 만나게 된 사연은 이렇다.

2013년부터 3년간 장교로 군 복무했던 군악대

에는 노후한 건물만큼 오래된 피아노가 네 대 있었다. 물론 한 대 있는 것보다야 훨씬 낫겠지만, 네 대 모두 하나같이 내 나이보다도 훨씬 오래되었고, 또 군악대 건물이 옛날 건물인 만큼 온도와 습도 관리나 제때 조율 관리가 잘 안돼 상태가 무척 좋지 않았다. 그나마 여러 대가 있어 나를 포함해 여러 군악대원이 방음이 되지 않는 연습실 사이로 소리를 뒤죽박죽 섞어가면서도 원하는 만큼 연습할 수 있었던 것은 다행이었다.

하지만 제대 후 사회로 복귀해 전개할 음악 활동을 위해 여러 곡들을 준비하며 보다 청명하고 좋은 소리로 피아노를 연주하고 싶은 욕구는 커져만 갔다. 군대에 오기 전 여러 앨범 녹음을 위해 녹음 스튜디오에서 연주했던 단정하고 섬세하게 관리된 그랜드 피아노들이 종종 생각났다.

전역을 석 달 앞두고, 3년을 복무한 기간에 맞춰 나올 목돈의 퇴직금으로 인생 첫 그랜드 피아노를 사기로 결심했다. 물론 새 그랜드 피아노를 사기엔 예산이 부족해서 중고를 사야 했지만, 20년 넘게 업라이트 피아노만 소유하며 연습해 왔던 내게 새것이냐 아니냐는 크게 중요하지 않았다. 전역하면서 퇴직금과 모아둔 월

급으로 차를 산다는 동기는 같은 돈으로 피아노를 산다는 나를 '참 낭만적인 사람'이라고 했다. 하지만 내겐 낭만적인 일이라기보다는, 어렸을 때부터 소망해 왔던 목표와 욕구를 작게나마 이루는 순간이었다.

　　얼마 지나지 않아 인터넷에 내가 사고 싶은 피아노 브랜드의 모델이 매물로 나왔다. 판매자는 연식은 오래되었지만 관리가 아주 잘 되어 있고 무엇보다 와서 연주해 보면 상태를 바로 알 수 있을 거라고 자신만만해했다. 보러 가기로 한 날을 목을 빼고 기다렸다가 마치 오래 만나지 못한 연인을 만나러 가는 사람처럼 한달음에 피아노가 있는 곳으로 갔다.

　　어떤 건물의 지하 공간에 놓여 있던 피아노는, 지금은 어떤 사정으로 인해 몇 주 전부터 이곳에 와 있지만 바로 전까지 한 녹음 스튜디오에서 녹음용으로 사용하던 피아노라고 했다. 설명이 채 끝나기도 전에 기대를 한가득 품고 건반 덮개를 열어 건반을 눌렀다. 조율이 잘 되어 있지는 않았다. 하지만 나는 그것보다 원래 이 피아노가 품고 있는 소리와 음색에 귀를 기울였다. 바로 나와 함께할 피아노라는 직감이 들었다. 잘 알고 있던 해당 모델의 특성 그대로 고음부 음색의 빛깔은 명료했고 저음부는 그랜드 피아노다운 중후함을 느낄 수 있었다. 작곡한 곡 중 내 손에 가장 익숙한 부분을 연주해 보았다. 셀 수 없이 연주해 왔기에 귀에 가장 익숙한 부분을 이 피아노가 어떻게 표현하는지 촉각을 곤두세웠다.

당장 집으로 데리고 가고 싶었다. 음향판의 상처나 연주에 지장이 될 수 있는 손상은 없는지를 확인한 이후에는 망설일 것이 없었다. 구매를 결정하며 판매자에게 원래 이 피아노를 사용했던 스튜디오가 어딘지 물어보았다. 세상에 이럴 수가. 우연히도 입대 전 내가 다른 이의 곡을 녹음했을 때 직접 연주했던 적이 있던 바로 그 그랜드 피아노였다. 수명이 다되어 들어주기 어려웠고 조율조차 되지 않던 군악대의 낡은 업라이트 피아노를 연주하며 떠올렸던 여러 그랜드 피아노 중 하나였던 것이다. 이렇게 내게 올 운명이었던 그랜드 피아노를 나는 더할 수 없는 우연의 기쁨으로 맞이했다.

이처럼 예산과 모델을 정하고 계획적으로 구매

했던 그랜드 피아노와 다르게 작업실에 보유하고 있는 업라이트 피아노를 만나게 된 계기는 다소 황당하다. 어렸을 때의 층간소음 갈등을 되풀이하고 싶지 않았기 때문에 지금 살고 있는 집에는 이사 오기 전부터 방음실 공사를 계획했다. 덕분에 운명 같던 그랜드 피아노는 온전히 방 한 칸을 방음실로 만든 공간에 안전하게 들어와 편안하게 자리 잡았다. 다만 방 자체가 크지 않아서 이 방음실에서는 피아노 3중주 이상의 합주는 불가능했다.

한창 신악기 PNO를 구상하던 시기였던데다 앙상블을 이루어 공연을 많이 하던 시기라 새 연습실이 필요했다. 방음실의 그랜드 피아노도 옮겨놓고 앙상블 연습을 할 수 있어야 했기에 넉넉한 공간의 작업실을 찾아야 했다. 앞서 이야기했던 것처럼 당장 피엔오 작업을 하고 싶었기에 조건을 따지지도 않고 서둘러 계약했다. 지하 공간인 만큼 온도는 일정했고 무엇보다 여느 지하 공간 같지 않게 별로 습하지 않아 피아노가 있기에도 나쁘지 않은 조건이라고 판단했다.

그런데 본격적으로 합주를 시작하기 위해 피아노 운반을 계획하고 있던 어느 날 나는 뒤통수를 가장 세게 맞은 듯한 충격을 받았다. 이 작업실에 들어오려면 짧은 골목을 지나 지하로 향하는 문을 열고 들어와야 하는데 그 골목의 넓이가 그랜드 피아노가 들어오기에는 너무 좁다는 것을 작업실 계약을 한 지 한 달이 지나서야 깨달았기 때문이다. 내가 알고 있는 여러 피아노 운반사 분을 불러 상의해 봐도, 종이상자로 내 그랜드 피아노 크기와 똑같이 모형을 만들어 운반 실험을 해봐도 결과는 바뀌지 않았다.

결국 어쩔 수 없이 작업실에 쉽게 들어올 수 있는 또 다른 업라이트 피아노를 만날 운명을 받아들이기로 했다. 그날부터 외국에서 만들어진 고급 브랜드만 취급하는 매장부터, 동네에 위치한 평범한 피아노 매장, 피아노를 수거해 수리해서 중국에 수출하는 업체, 중고 거래 플랫폼까지 전방위로 업라이트 피아노를 알아보기 시작했다.

중고 피아노 시장은 중고 자동차 시장과 똑 닮았다. 브랜드, 모델, 연식, 관리 상태에 따라 정확히 가격 그래프 곡선이 그려진다. '퍼포먼스'를 보장하는 브랜드와 모델로 대략적인 가격대가 정해지고 나면 만들어진 연식을 중요하게 여길 것인지, 얼마나 많이 사용되어 상태가 변했는지의 여부를 중요하게 여길 것인지 등 사용할 사람의 선택 정도가 남는다는 점까지 비슷하다.

하지만 같은 브랜드, 같은 모델의 중고 자동차가 비슷한 제조 연월에, 비슷한 시간 동안 사용되었음에도 불구하고 전혀 다른 차처럼 느껴지는 것처럼, 피아노도 아주 미세하게나마 음색의 차이를 가진다. 이는 같은 브랜드, 같은 모델의 피아노도 재료 자체에서 조금씩 다른 재료가 쓰였기 때문이기도 하겠지만 어떤 주인을 만나 어떻게 관리를 받아왔는지가 다르기 때문일 것이다. 그러니까 나는 연식보다는 관리 상태와 그로 인한 피아노의 음색을 중요하게 여기는 구매자였다.

연식이 오래되었지만 잠깐의 연주로 그랜드 피아노를 쉽게 결정할 수 있었던 것은 좋은 환경의 스튜디오에서 정기적으로 조율되며 섬세하게 관리되던 피아노라는 것을 바로 직감할 수 있었기 때문이었다. 그러나 이번에는 그랜드 피아노를 구매했을 때와는 달리 브랜드와 모델은 애초에 결정해 놓았는데 정작 내 귀를 만족시키는 피아노를 만나기 어려웠다. 직접 가서 연주해 보면 계속 관리 상태가 아쉽다는 생각이 들어

구매를 망설이게 됐다.

　　그러던 어느 날, 피아노를 수거해 잘 수리한 다음 해외에 수출하는 한 업체의 사장님으로부터 내가 찾는 피아노가 들어온 것 같다는 연락을 받았다. 전화를 끊자마자 달려가 보았으나, 역시 마음에 들지 않았다. 하지만 바로 옆에 눈에 들어오는 같은 모델의 피아노가 있었다. 그 피아노에는 이미 수출할 예약 날짜가 적혀 있는 스티커가 붙어 있었다. 연주해 보니 바로 이 피아노였다. 내가 찾던 피아노. 업라이트 피아노답지 않은 점잖고 울림 있는 중저음부의 소리가 바로 단박에 내 마음을 빼앗았다. 오래된 연식만큼 중후해져 마치 검정색 양복을 입고 있는 듯한 단정한 피아노였다.

　　꽤 오랫동안 내가 이런 피아노를 찾는다는 것을 잘 알았던 사장님은 곰곰히 생각하더니 수출을 취소하고 내게 판매하겠다고 했다. 내가 바로 달려오지 않았다면 이틀 뒤에 바로 중국으로 팔려 갔을 텐데, 마구 연습하기 위해서가 아니라 피아노를 아껴가면서 좋은 음악을 만들기 위해 연주하는 사람에게 판매하게 되어 훨씬 좋다고 했다.

그렇게 내 업라이트 피아노는 아주 간발의 차로 배에 실려 중국으로 떠날 여정을 취소하고 한국에 남게 되었다. 그리고 지하 작업실로 무사히 들어와 자주 연주되고 있다. 이 피아노 소리를 들은 몇몇 지인들이 비슷한 피아노를 사고 싶다고 하여 이 피아노를 구입한 업체 사장님과 여러 구입처들의 연락처를 모두 공유해 주었지만, 지금까지도 만족할 만한 피아노를 사지 못했다고 하는 것을 보면 새 피아노든, 중고 피아노든 피아노를 치는 사람과의 인연은 따로 있는 것 같다는 생각이 든다.

군 생활을 지나 다시 조우하게 된 운명 같은 그랜드 피아노와 중국에 수출되기 이틀 전 나를 만나게 된 업라이트 피아노. 두 대의 피아노와 앞으로 얼마나 더 많은 시간 동안 곡들을 써 내려갈지 생각해 본다.

멜로디언과

피아노 운반사

　2006년 겨울, 우연히 인디밴드 활동을 시작하게 되었다. 독특하고 해학적인 가사로 국내 인디 씬에 나름대로 잘 알려진 밴드인데, 활동을 왕성하게 하지 않지만 지금까지 오랫동안 지속해 오고 있다.

　처음 이 밴드의 음악을 접한 것은 보컬이자 리더가 혼자서 노래하는 작은 무대였다. 다소 엉성한 것 같았던 기타 연주와 다르게 그의 곡 속 가사가 너무 신선하고 재밌어서 한참 배를 잡고 웃었다. 시대와 관습을 관통하는 가사라는 생각에 공연이 끝난 후에도 오랫동안 그날의 기억이 머릿속에 남았고, 나는 이 밴드에서 함께 연주해 보고 싶다는 생각이 들었다. 이 밴드에서 기타, 드럼, 베이스처럼 중요하게 활용되는 멜로디언은 악기로만 보면, 연주를 잘해야만 할 것 같은 피아노와 다소 대비된다. 하지만 이 만만해 보이는 멜로디언을 통해 셔츠 안에 입은 슈퍼맨의 강렬한 수트처럼 관객을 깜짝 놀라게 할 수 있는 연주, 얽매이지 않는 자유로운 연주를 나는 할 수 있을 것 같았다.

　　그렇게 이 밴드를 2006년부터 시작해 지금까지도 멜로디언을 연주하고 있으니 나는 벌써 20년 가까이 멜로디언을 연주해 오고 있다. 리코더를 위한 곡을 쓰기도 하고 멜로디언을 자주 연주하면서 자연스레 나는 교육용 악기로 여러 활동을 하는 셈이 되었다. 1900년 한국에 처음 들어온 후 역사가 꽤 오래된 피아노는, 이제 인생을 통틀어 수십 년 넘게 연주해 온 많은 원로 피아니스트가 있겠지만 아마도 20년 가까이 꾸준히 멜로디언을 연주해 온 사람은 많지 않을 것 같다. 연주하면 할수록 피아노를 모티브로 건반 체계를 교육하기 위해 만들어진 교육용 악기이고 피아노를 연주할 줄 알면

누구나 쉽게 연주할 수 있지만 또 다른 매력을 품고 있는 흥미로운 악기라는 것을 느낀다.

음악학계에서 사용하는 악기 분류법에 따르면 피아노와 멜로디언은 전혀 다른 악기이다. 에리히 호른보스텔Erich von Hornbostel과 쿠르트 작스Curt Sachs가 만들어 호른보스텔-작스 분류법이라고 불리는 악기 분류법은 악기를 현의 진동을 통해 소리를 내는 현명악기, 팽팽하게 당긴 막의 진동을 통해 소리를 내는 막명악기, 악기 자체의 진동을 통해 소리를 내는 기명악기, 공기의 진동을 통해 소리를 내는 관악기로 나누었다. 이후에 전기적 방법으로 소리를 내는 전기악기가 추가되어 현재 지구상 모든 악기를 다섯 가지 체계로 분류하고 있다.

이 분류법을 따르자면 피아노는 건반을 통해 현의 진동으로 소리를 내는 현명악기이고 멜로디언은 공기의 진동을 통해 소리를 내는 관악기이니 두 악기는 멀리 떨어져 있는 셈이다. 하지만 내게 12개의 음정으로 이루어진 건반을 공유하고 있다는 점에서, 멜로디언은 내가 연주하는 피아노의 확장이었다. 12음의 백건과 흑건의 체계로 연주할 수 있는 것은 피아노와 똑같은데 관악기처럼 호흡을 통해 다양한 표현을 할 수 있으면서도 피아노처럼 화음까지 연주할 수 있는 멜로디언은, 작은 악기 몸체에 비해 풍부한 표현의 연주가 가능해 여러 작은 무대에서 나의 훌륭한 대체 악기가 되었다. 밴드에서의 연주뿐만 아니라 작은 연주 무대와 피아노가 들어갈 수 없는 한옥 공간의 고즈넉한 무용 공연, 실험적인 전시의 오프닝 무대에서도 멜로디언은 피아노 대신 활약했다.

피아노 대신 멜로디언으로 연주하게 되는 이유는 무엇보다도 휴대성 때문이다. 물론 작은 공연 무대와 한옥, 갤러리에도 피아노를 가져다 놓을 수 있으면 좋겠지만 그랜드 피아노는 방 하나를 족히 채우는 크기로 300kg은 거뜬히 넘고 무거운 모델은 500kg에 달한다. 그랜드 피아노까지 욕심내지 않더라도 업라이트 피아노 또한 공간을 적지 않게 차지하며 200~300kg은 족히 나가기 때문에 이조차도 연주 공간에 가져다 두기 힘들 때가 많았다.

하지만 꼭 피아노가 옮겨져야 할 때는 있다. 이사를 할 때, 새 작업실을 장만했을 때, 소나무 숲속과

야외 연주를 기획했을 때, 피아노가 없는 공연장에서 피아노를 연주해야 할 때 피아노는 운반사 분들의 손길 아래 섬세하게 옮겨졌다.

피아노는, 어설프게 움직이다가는 그 큰 몸집에 상처가 나는 것은 예삿일인 데다, 수백 개의 부품으로 이루어진 탓에 옮기다가 어딘가 한 곳이 고장 나기 쉽다. 따라서 피아노 전문 운반업체와 운반사들 손에 의해 옮겨져야 한다. 트럭에서 조심스럽게 내려진 피아노는 수십 년 경력의 운반 기술과 손때묻은 천들 몇 개, 작은 바퀴가 달린 수레만으로도 좁은 공간도, 경사진 지형도, 울퉁불퉁한 땅도 큰 무리 없이 지나간다. 옮겨 볼 엄두도 나지 않는 육중한 몸체의 피아노가 단 두 분, 운반사의 손만으로 어디든지 운반되는 것을 보면 여러 번 봐도 감탄이 절로 나온다.

피아노를 연주하는 이들에게도 접할 일이 아주 잦지 않은 피아노 운반은 그저 피아노가 이동한다는 의미로만 끝나지 않는다. 내가 연주할 피아노가 어떤 위치에 어떤 각도로 놓이는가에 따라 무대와 공연장, 작업실은 다른 형태의 공간으로 바뀐다. 강릉의 소나무

숲에서 피아노 5중주 연주를 계획했을 때 나는 마치 피아노가 소나무 옆에서 태어나 자라기 시작한 것처럼 소나무 숲 안으로 깊숙이 들어오길 바랐다. 숲 바닥이 고르지 않아 피아노가 다칠까 우려된다며 고민하던 운반사 분들은 연주할 프로그램 중 'WOOD SONG'도 있다는 내 이야기에 비로소 피아노를 내리기 시작했다. 그분들의 손길 아래 안전하게 자리 잡은 피아노는 나무 바로 옆에서 나무들의 노래를 연주했다.

또 언젠가 속초에 호수를 곁에 둔 한 복합문화공간의 연주에 초대받았을 때 피아노는 나의 곡 'SWIM'을 연주하기 위해서 호수 바로 앞까지 가깝게 놓여져야만 했다. 피아노가 놓여 있던 실내 공간에서 호수 바로 앞까지에 이르는 단 30m 정도의 거리를 옮기기 위해서 운반사는 먼 길을 달려와야 했고, 피아노를 호수 바로 앞에 놓아주었다. 그 손길 덕분에 달이 떠 있는 호숫가에서 소리로 물살을 가르는 기분으로 'SWIM'을 연주했던 기억은 아직도 특별한 추억으로 남아 있다. 연주가 끝나길 기다렸다가 다시 원래 놓인 실내 공간으로 옮기던 운반사 님은 공연을 함께 관람하더니 여기까지 와서 옮긴 보람이 있다는 말을 건넸다.

힘 뿐만 아니라 피아노에 대한 이해와 운반에 관한 많은 노하우가 필요한 피아노 운반은 결코 쉬운 일이 아니다. 그렇기에 때때로 멜로디언을 들고 다니면서 피아노가 멜로디언만큼 가벼우면 얼마나 좋을까 생각해 본 적이 있다. 그 무거운 피아노를 옮기는 운반사들의 땀으로 피아노는 어떤 형태의 공연장에라도 안전하게 자리를 잡고 조율을 거쳐 관객을 만날 채비를 마친다. 그 노력의 손길이 피아노에 깃들여져 있기에 전혀 예상치 못한 곳에서 만난 피아노와 피아노 소리는 어쩌면 더욱 아름다운 것일지도 모른다.

〈PNO〉 공연에는 피아노 운반사의 인터뷰와 피아노 운반 행위가 등장한다. 조율은 물론 피아노 운반 또한 피아노 연주를 위한 필수적인 과정이자 피아노 세계의 필수적인 구성 요소라는 것을 이야기하고 싶었다. 오늘도 밀고 끌고 내리는 운반사들의 손길에 셀 수 없이 많은 피아노 소리가 어딘가에 도착했을 것이다.

© wavefilm

피아니스트의

마음

피아노 독주곡이나 피아노가 중심이 된 앙상블 곡을 작곡하고 이를 발표하면서 종종 피아노를 연주하다 보니, 언젠가부터 나는 작곡가 겸 피아니스트라고 불리고 있었다. 하지만 작곡가라는 명칭이 비교적 더 익숙하고 가깝게 느껴지는 데 반해, 피아니스트라고 불리는 것은 왠지 불편했다. 다만 작곡가라고만 스스로를 소개하기에는 피아노를 직업적으로 연주하는 무대도 있는 것도 사실이라 결국 이 문제는 부르는 사람 마음이겠다고 생각해 버리고 미루어 두기로 했다. 그러다 피아노를 연주하는 것은 물론 피아노에 대해 깊게 고찰하는 공연을 만들면서 미루어둔 생각에 관해서도 진지하게 고민해야 할 때가 찾아왔다. 그리고 피아노와 깊은 관계를 맺고 살아가는 많은 사람이 비슷한 고민을 하고 있다는 것도 알게 되었다. 그러니까 자신을 피아니스트라고 부르기를 꺼리거나 민망해하는 사람들이 있었다.

　　나는 자신을 피아니스트라고 부르는데 생기는 불편함의 이유를 알고 싶었기에 피아노와 관계 맺고 있는 많은 이들의 이야기와 생각에 귀를 기울이기 시작했다. 피아노를 연주하면서도 자신을 피아니스트라고 부르기 꺼리는 많은 사람은 대부분 대학 때 피아노과를 졸업하지 않았거나 피아노 전공을 하지 않은 경우였다. 피아노를 대학교에서 전공하지 않았기에 피아노에 대한 충분한 지식과 경험, 무엇보다 연주 실력이 부족하다고 생각하는 것이다. 하지만 꼭 국문학을 전공해야 우리말로 글을 쓸 수 있는 작가가 될 수 있는 것은 아니지 않는가. 나는 대학교에서 피아노를 전공했다고 피아니스트 자격증을 따로 주는 것은 아니라고 생각하며 다른 이유를 더 찾아보기로 했다.

또 어떤 이들은 피아노 연주, 그러니까 직업인으로서 피아노 연주를 통해 돈을 벌지 못하기 때문에 자신을 피아니스트라고 부르는 데 주저했다. 대학교에서 피아노를 전공했으면서도 무대에는 자주 서지 않는 피아노 교육자들이 그렇게 생각했다. 하지만 다른 일로 생계를 유지하면서도 그와 상관없이 시집을 내며 스스로를 누구보다 시인이라고 생각하는 사람들을 떠올려 보았다. 꼭 돈을 벌어야 직업이 될 수 있다면 이 세상에는 없어질 직업들이 무척이나 많을 것이다.

마지막으로 어떤 이들은 본인이 피아니스트라고 불릴 만한 실력이 없다는 데에서 자신을 피아니스트라고 부르길 어려워했다. 물론 정해진 절대적 기준은 없지만, 분명 피아니스트라고 불릴 수는 없는 취미의 수준 정도에 머무는 연주는 존재한다. 이를 피아니스트의 연주라고 할 수는 없지만 연주하는 본인이 본인만의 의도와 철학을 가지고 연주한다면 이를 무작정 폄훼할 수도 없다. 폭넓은 음역을 소화하며 훌륭한 가창력으로 곡과 가사를 해석하는 좋은 소리의 소유자만

이 가수가 아닌 것처럼 말이다. 가끔은 프로 가수 같지 않은 거칠고 매끄럽지 않은 읊조림이 더욱 가슴을 울릴 때가 있다.

　　나는 피아노가 몇 대 있는지 손으로 셀 수 있다는 섬, 연주용 그랜드 피아노는 단 두 대뿐이라는 섬 울릉도에서 누구보다 피아니스트로 느껴졌던 피아니스트를 만난 적이 있다. 그는 현재는 없어진 제도이지만, 해외 콩쿠르에서 입상한 뒤 군 복무를 대체할 수 있는 병역 특례로, 문화 예술 소외 지역을 순회하며 연주하던 젊은 피아니스트였다.

　　울릉도에 여름휴가 차 방문했던 나는 그의 연주 공연을 성사시킨 기획자와의 친분으로 이 피아니스트와 인사를 나눴다. 한여름 햇살이 무척 뜨거운 데다 사방이 바다인 관계로 높아진 습도가 불쾌하기도 하련만 그의 옷차림은 거의 정장에 가까운 차림새였다. 울릉도에 대한 인상과 오늘 연주에 대한 기대감을 이야기하는 그로부터 받은 기분 좋은 느낌은 그에 대한 호감으로 이어져 연주 이후에 만나 못다 한 즐거운 대화를 이어가기로 했다.

클래식 연주회 자체도 울릉도에서 흔하지 않은 일인데 유명 연주자가 오는 일은 더더욱 흔치 않아 공연장 객석은 사람들로 가득 메워졌다. 무대에 오른 그는 연주 외적으로도 매우 인상적이었다. 다소 편안한 느낌의 공연장이었던 터라 그와 함께 온 협연자는 애초에 관객들도 편하게 느낄 수 있는 다소 자유분방한 차림새였던데 반해, 그는 무더운 날씨에도 넥타이를 단단히 매고 단정하게 연주복을 갖추어 입고, 잘 손질해서 가지고 왔을 반짝이는 정장 구두까지 신고는 땀을 뻘뻘 흘리며 연주했다. 두 사람의 의상과 연주 스타일이 대비되어 오히려 신선하게 느껴지는 연주였다.

　　공연이 끝나고 나는 그에게 연주도 그렇지만 관객에게 의상으로도 예의와 정중함을 전하려 했던 노력이 인상적이었다는 칭찬을 건넸다. 하지만 돌아온 대답은 뜻밖이었다. 자신은 어떤 지역에서 연주하든, 어떤 관객들이 보든 전혀 의식하지 않고 있다는 말과 함께 자신이 늘 피아노를 대하는 마음 그대로 입고 연주했을 뿐이라고.

　　그 순간 나는 깨달았다. 스스로가 피아노 앞에 앉았을 때 피아니스트가 아니라 작곡가라고 생각한다면 그는 피아니스트가 아닌 작곡가가 된다. 스스로가 피아노 앞에 앉았을 때 피아니스트가 아니라 피아노 교육자라고 생각한다면 그는 피아니스트가 아니라 피아노 교육자가 된다. 스스로가 애호가라고 생각한다면 그는 피아니스트가 아니라 애호가가 되는 것이다.

그는 피아노 앞에 앉아서 그 누구보다 피아니스트라고 생각하고 있었을 것이다. 피아니스트라고 불릴 수 있는 학위나 수상과 같은 경력도, 일정 수준의 소득과 실력도, 결국 피아니스트라는 것을 증명해줄 수 없다는 생각이 들었다. 스스로가 피아노 앞에 앉았을 때 어떤 태도로 피아노를 연주하는지에 달린 것이 아닐까.

피아노의 미래,

대체되지 않는 것

한국에서 피아노가 버려지고 있다. 피아노가 버려진다는 것은 점점 피아노를 연주하는 사람이 줄어든다는 것과 같은 말일 것 같다. 이는 피아노를 연주하게 되는 동기와 배경이 약해지고 있다는 것을 의미하기도 한다. 대체 어떤 요인이 피아노 소리를 줄여가고 있을까?

여러 가지 이유가 있겠지만 첫 번째로는 당연히 한국의 심각한 저출산 문제를 언급할 수 있을 것 같다.

서양 음악의 기초를 잘 배울 수 있는 악기가 피아노이기에 어린이들에게 가장 먼저 권장되곤 하는 악기가 피아노인데, 악기를 연주할 수 있는 어린이들이 급격하게 줄고 있고, 이것은 비단 피아노에만 국한된 것 같지는 않다.

두 번째 이유라면 한국의 대표적인 주거 형태가 아파트로 바뀌어 가면서 발생하는 층간소음 문제와 개인주의를 꺼낼 수 있을 것 같다. 이제 더 이상 옆집이나 위 아래층에 사는 사람들은 피아노 소리를 이해해 주는 다정한 이웃이기보다는 얼굴도 모르는 타인이 되었다. 물론 피아노의 해머와 현이 부딪치며 만들어내는 자연음향이 매력적이라는 걸 부인하는 사람들은 많지 않겠지만, 그것과 별개로 원하지 않는 시간에 아랫집 윗집에서 들려오는 피아노 소리는 서로에게 불미스러움을 부추긴다.

이미 오래 전부터 헤드폰이나 이어폰을 통해 본인의 연주를 혼자만 들으며 층간소음 갈등 자체를 일으키지 않을 수 있는 디지털피아노가 등장하면서, 주변과의 갈등을 감내하면서까지 어쿠스틱 피아노를 선택할 이유가 사라지게 되었다. 디지털피아노의 조악했던 음원의 소리도 기술이 발전함에 따라 점점 더 피아노와 유사해지면서 크고 무거운 데다 조율과 꾸준한 관리를 해주어야만 하는 피아노는 가정에 존재하기 어려워졌다.

　　세 번째 이유로는 시대 문화적인 변화에서 그 이유를 찾아볼 수 있다. 세계가 온라인으로 더욱 가깝게 연결되면서 쉽게 즐기고 익힐 수 있는 새로운 수많은 취미 거리가 등장했고, 경험해 보기 어려운 오지 여행이나 익스트림 스포츠도 영상을 통해 쉽게 대리 경험할 수 있는 시대가 되었다. 이러한 환경에서 기초를 닦는 것에만 최소 몇 개월의 시간이 걸리고 꾸준히 연습하지 않으면 좀처럼 실력이 늘지 않으며, 피아노가 있는 곳으로 모셔 오든, 찾아가든, 온라인 레슨을 받든, 지금까지도 선생님에게 일대일 지도를 받아야 실력이 향상되는 피아노 학습의 매력은 점점 더 후순위로 밀려가게 되고 마는 것 같다.

　　피아노를 취미로 다루는 것도 이러한데 전공이자 직업으로서 피아노 연주는 더욱 불투명해지고 있다. 기술이 발전하며 연주가 수행되는 것에만 초점을 맞춘다면 이제 피아노 연주를 굳이 인간이 할 필요도 없어졌다. 자동 클라비어 피아노가 마치 투명 인간이 피아노를 치는 것처럼 자동으로 연주되며 단 한 번의 미스터치도 없이 완벽하게 연주하는 것은 이미 오래전 일이 되었다.

디지털 오디오 워크스페이스(DAW) 소프트웨어에서 제공하는 가상악기의 음색은 이젠 진짜 피아노가 연주되는 소리보다 더 그윽하고 풍부한 음향의 피아노 소리를 들려준다. 무엇보다 로봇과 인공지능의 발전은 세밀한 연주는 물론 즉흥 연주와 창작의 영역까지 도달하고 있다.

어떤 음악 스타일의 피아노곡을 만들고 연주해 달라는 명령어 하나에, 연주와 작곡에 배움과 경험이 일천한 사람도 완성도 높은 결과물을 순식간에 얻어낼 수 있게 되었다. 명령어를 입력하면 불과 1분도 되지 않아 나만의 음악이 만들어지는 시대에 최소 10년 이상 연습하고 공부해야 한다는 것은 당장 탈 수 있는 초고속 열차를 놔두고 굳이 걸어가겠다고 하는 것처럼 보이기도 한다.

이런 시대에서 피아노를 연주해야 하는 당위를

찾는 것은 어쩌면 인간은 왜 음악을 만들고 연주해 왔는지에 대한 이유를 찾는 것과 같다.

사람은 왜 계속 연주할까? 나의 답은, 초고속 열차를 놔두고 내 힘과 다리, 내 의지로 걸어가면서 때로는 목적지도 바꿀 수 있기 때문이다. 음악을 만든다는 것은, 연주를 한다는 것은 마치 최종 음원과 모든 준비를 마친 공연을 하기 위해서처럼 보이지만 그것이 전부가 아니다. 그 목표를 향해 가면서의 과정이 음악가로서의 나, 연주자로서의 나를 설명하게 된다.

9세의 김재훈은 완벽한 연주를 해내는 피아니스트를 꿈꾸었고 15세의 김재훈은 거장 영화 감독들에게 러브콜을 받는 영화음악 작곡가를 꿈꾸었다. 하지만 지금 나는 동료들의 소리에 기대어 무대 공포증을 극복하며 점차 앙상블을 이루어가는 걸 좋아하는, 훌륭하지 못한 피아니스트이자, 버려진 피아노로 신악기를 만들어 불편한 소리를 실험하는 작곡가가 되었다. 그 과정을 공연으로 만들어 선 보이는 연출가가 되었다. 때로는 피아노를 미워하고, 멀리하고, 그러나 여전히 무척 사랑하는 피아노와의 여러 사건과 경험을 통해, 피아노를 대하는 나만의 마음가짐과, 피아노를 바라보는 나만의 시선이 만들어졌고 이를 통해 나의 곡들과 공연과 신악기 PNO가 만들어졌다.

　　명령어와 그 결과 값으로는 결코 담기지 않았을 나만의 이야기와 희로애락이 내 곡과 공연과 신악기에는 담겨 있다. 한 사람도 똑같지 않은, 쌍둥이조차 무척 다른, 모두가 다른 인간이 각자의 경험과 이야기를 연주에 담아낼 수 있기에 우리는 연주하는 것일지도 모른다. 그 이야기를 담기 위해 우리는 피아노를 연습하는 것일지도 모르겠다.

　　피아노는 그 수가 줄지언정 절대로 사라지지 않을 것이다. 많은 백건과 흑건으로, 여러 개의 페달을 밟아가며, 피아노와 포르테 사이에서 연주할 수 있는 무궁무진한 표현 속에 우리의 인생을 얼마든지 담을 수 있는 훌륭한 악기이기 때문이다.

　　비록 최고의 연주가 아닐지라도, 연주자의 인생을 담은 음악은 앞으로 더 발전된 형태의 인공지능과 새로운 기술이 나타날지언정 분명히 대체되지 않는 특별한 것이라고 나는 믿고 있다.

공연 〈PNO〉를

마치며

이 책에 담은 피아노에 관한 여러 생각들과 피아노 역사의 중요한 장면들, 그리고 신악기 PNO를 만들게 된 이야기와 과정은 2021년 겨울부터 공연 〈PNO〉로 만들어졌다. 많은 것을 담은 공연인 만큼 공연을 제작하고 연출하는 과정은 쉽지 않았지만, 제작 환경이 훌륭했기에 무사히 제작과 초연을 마칠 수 있었다. 한국문화예술위원회가 지원하는 공연예술 창작산실 음악 부문 2022년 올해의 신작에 본 공연이 선정되어 제작은

물론 초연까지 폭넓은 지원을 받게 된 것이다.

이 기회를 통해 나는 바르톨로메오 크리스토포리가 만든 피아노의 탄생과 한국의 피아노 도입사와 발전기, 그리고 PNO를 만들게 된 이야기, 그리고 무엇보다 피아노를 다양한 방식으로 사랑하는 사람들의 이야기를 하나의 공연으로 완성하려고 노력했다.

하지만 모든 이야기를 음악으로, 피아노 연주만으로 표현할 수는 없기에 자연스럽게 이 공연은 음악가들뿐 아니라, 피아노 운반사, 조율사도 무대에 등장해 그들의 행위가 조명을 받는 공연, 배우와 안무가도 등장해 피아노에 관련된 이야기를 이야기로, 움직임으로 참신하게 풀어내는 공연, 그리고 마침내 업라이트 피엔오와 그랜드 피엔오를 관객들 눈앞에 등장시키는 공연으로 발전해 갔다.

완성된 공연에는 신악기 PNO를 함께 만들었던 작가, 드라마투르기, 조각가, 프로듀서뿐만 아니라 영상, 무대, 음향, 조명 감독님들의 아이디어와 손길이 가득하다. 그러니까 이 공연은 어떤 공연보다 다양한 사람들이 피아노를 표현하고 이야기한 공연이 된 셈이다. 많은 이야기를 담아야 하는 만큼 공연의 장면이 형식적으로 매끄럽게 잘 구분되어야 했다.

내게는 긴 이야기를 풀어낼 수 있는 익숙한 여러 형식이 있었다. 여러 종류의 음악 형식 중 클래식 음악 피아노 작품에 가장 광범위하게 쓰인 소나타 형식을 이 공연의 형식으로 삼아 공연을 구성했다. 소나타 형식은 여러 작곡가에 의해 변형되며 발전되었지만 주로 제시부에서 제시된 서로 다른 두 주제가 날실과 씨실처럼 곡을 만들어가기 시작해 융화된 두 주제와 다른 요소들이 결합해 전개부를 이어가게 된다. 그리고 재현부는 제시부를 회고하거나 변형시키며 작품을 마무리한다.

피아노를 운반하는 분들의 이야기를 1주제로, 조율하는 분들의 이야기를 2주제로 삼아 제시부로 삼고 발전부를 통해 한국 피아노 역사에서 여러 중요한 장면을 거슬러 올라가 피아노의 탄생까지 다다른 이후 신악기를 만들게 된 나의 이야기를 지나 신악기 PNO를 다시 운반하고 조율해 연주하는 것을 재현부에 놓는다면 이 모든 이야기는 마치 하나의 소나타처럼 연주될 수 있을 거라고 생각했다. 그리하여 이 공연의 부제는 '철과 나무, 연쇄와 해체의 소나타'가 되었다.

많은 제작 지원을 받았다고 제작 과정까지 쉬운 것은 아니었다. 공연을 구성하는 장면과 요소들이 너무 많아 나를 포함한 출연진, 제작진 모두 초연을 올리기 직전이 돼서야 이 공연의 최종 윤곽을 확인할 수 있었다. 업라이트 피아노가 세 대, 그랜드 피아노가 한 대, 업라이트 피엔오에 1톤이 넘는 그랜드 피엔오까지, 무대에 피아노와 신악기가 가득 올라가야 했던 것뿐만 아니라 장면 전환을 위해 무대 위에서 피아노가 여러 번 이동해야 하는 바람에 무대 스태프들이 많은 고생을 해야만 했다.

2023년 1월 14일, 이렇게 많은 이들의 힘이 모여 만들어진 공연 〈PNO〉가 대학로예술극장 대극장에서 초연됐다. 한국문화예술위원회와 프로듀서의 노력으로 객석은 공연이 진행되는 양일간 가득 찼으며 모든 출연진과 스태프들의 노력으로 아무런 사고 없이 무사히 공연을 마칠 수 있었다. 공연을 마치는 순간 나는 30대의 내가 피아노로 할 수 있는 모든 것을 다 했다는 기분을 느꼈다. 감사하게도 평단의 좋은 평가가 이어졌다.

강철 같은 노동, 미학적 심미안이 돋보인 이 작품은

학술적인 공연인 줄 알고 보러온 관객들 사이에서 '상상도 못 했던 과감하고 대담한 역사 이야기'라는 반응을 끌어냈다.

김재훈은 그 자신은 물론 공연에 함께한 멤버들, 그리고 관객 모두에게 공연 전체를 바쳐서 '피아노란 과연 무엇인가'를 질문한다.

하지만 내가 가장 뿌듯함을 느꼈던 한 관객분의 리뷰는 정말 짧았다.

'미친 공연'.

왜 아무도 셀 수 없이 많은 피아노가 버려지고 있다고 이야기하지 않는 것일까? 피아노는 이대로 진화를 마친 것일까? 피아노는 윤리적으로 만들어졌는가? 인공지능과 로봇이 연주하기 시작한 시대, 피아노와 피아니스트들은 어떤 미래를 맞이하게 될까? 피아니스트가 최고의 연주를 할 수 있도록 노력한 조율사와 운반사에게도 박수를 보낼 수는 없을까? 그리고 우리

가 연주했던 체르니는 우리에게 어떤 것이었나? 피아
노는 경쟁의 악기인가? 실패하지 않는 피아노 세계란
존재할 수 없는 것일까?

　　동시대에 피아노를 중심으로 생겨난 수많은 질
문에 대해 때로는 도발적으로, 때로는 애정을 담은 대
답을 모은 이 '미친 공연'이 나는 계속해서 재공연 되기
를 바라고 있다.

⟨PNO⟩에 대한 오마주

김재훈 X 성수연

서울연극센터 연극 전문지 웹진 〈연극 in〉에 2023년 5월 11일에 게재된 '무엇을, 어떻게, 왜'라는 코너에 실린 내용 중, 마지막 '코다' 부부만 제외한 전문입니다.
배우이자 창작자인 성수연이 진행하는 대화로, 동시대 창작자들이 무엇에 주목하고, 어떻게 작업하며, 그 일을 왜 하는지 들어봅니다.

이 대화는 음악의 소나타 형식을 차용하여 기록하였고, 이는 공연 〈PNO〉에 대한 오마주입니다.

여러분의 손에 가장 많이 닿았던 것은 무엇인가요? 저는 가끔 피아니스트들의 연주를 볼 때, 저 손에 가장 많이 닿았던 것은 피아노일까 궁금해지곤 했어요. 가장 많이 다룬 것에 대해서 하고 싶은 말이 생긴다면, 예술가들은 어떤 생각을 하며 작업을 할까요?
창작자 김재훈 님과 대화를 나눈 기록입니다.

서주

성수연 안녕하세요(웃음). 작업실로 초대해 주셔서 감사합니다.

김재훈 안녕하세요(웃음). 작업실에 방문해 주셔서 감사합니다.

성수연 올해 초에 창작산실에서 공연하신 〈PNO〉 정말 잘 보았습니다. 공연을 보고 김재훈 님에 대해 궁금했어요. 클래식 음악을 전공하시고, 연극에서 음악감독도 하시고, 밴드 '불나방 스타쏘세지클럽'의 멤버이시기도 하잖아요. 어떤 생각들로 인해 다양한 작업을 하게 되신 건지, 작업하면서 또 어떤 생각들을 하시는지 궁금하여 대화를 청했습니다. 공연 〈PNO〉에 대해서도 더 이야기를 나눠보고 싶었고요.

제시부

1주제 – 김재훈의 피아노

김재훈 저는 다섯 살 때부터 피아노 연주를 배우기 시작했지만 특출한 재능이 있었던 것도 아니고, 손이 큰 것도 아니고 해서 피아노를 전공하겠다는 생각은 전혀 하지 않았었어요. 그냥 음악을 하고 싶어 하는 동네 애였는데(웃음), 운이 좋게도 좋은 선생님들을 만나기도 했고, 스스로 즐겁게 연습하고 연주하는 방법은 알았던 것 같아요. 정통 클래식만 연습하지 않았고, 문구점에서 파는 500원짜리 노란 피스 악보, 혹시 기억나세요?

성수연 (웃음) 기억나죠. 아직도 집에 많아요.

김재훈 그런 악보를 연주하기도 했고, 친구들 앞에서 〈피구왕 통키〉 주제곡을 연주하고, 그것을 다시 새드Sad 버전으로 연주하기도 했고.

성수연 (웃음) 와, 그런 친구 정말 좋았어요.

김재훈 (웃음) 맞아요. 친구들이 "재훈아, 너는 어떻게 그렇게 할 수 있니? 너무 재미있다" 그러면서 좋아해 줬어요. 그래서 저도 자꾸 '이렇게 하면 재미있어하겠지?'라고 생각하며 연주하고 연습했어요. 친구들을 즐겁게 해주기 위해서. 내가 관심 갖는 친구가 나한테 한 번 더 관심을 주지 않을까 생각하기도 했고요(웃음). 그런 재미로 연주를 하니까 피아노가 늘 저와 꼭 붙어 있었던 것 같아요. '아, 오늘 시험도 잘 못 봤는데, 피아노나 한 곡 쳐야겠다' 하면서 〈피구왕 통키〉 새드 버전을 치고(웃음). 그러다가 음악대학에 진학해 서양 음악을 전공하게 됐는데, 당시엔 학교가 제가 생각했던 이상적인 음악, 이상적인 환경과는 좀 거리가 있다고 생각했어요. '나는 지금의 이야기, 지금 내 주변의 이야기를 좀 더 하고 싶은데, 왜 계속 수백 년 전의 생각들을 따라 하려고 하는 걸까?' 이런 생각을 하기도 했고요. 그러다 친구와 함께 홍대 앞으로 갔던 것이 제가 음악을, 제 음악을 시작했던 계기가 되었어요.

2주제 - 김재훈의 PNO

성수연 피아노를 해체하여 새로운 악기 PNO를 만드셨지요. 어떤 생각을 하며 만드셨는지 궁금해요.

김재훈 저만의 악기를 만들고 싶다는 생각은 내내 했어요. 물론 저만의 악기는 피아노였어요. 예술의전당이나 세종문화회관에서 공연하고 싶다고 생각한 적도 있지만, 그런 무대들은 저에게 기회를 주지 않았고, 홍대는 피아노가 있을 곳이 아니었어요. 작은 공연장에서는 관객을 한 명이라도 더 앉히는 것이 중요한데 피아노는 부피가 크잖아요. 관리도 어렵고요. 키보드로 건반을 연주할 때면 아쉬웠어요. 또 점점 제 곡도 쓰고 앙상블 곡도 쓰면서 피아노를 연주할 일이 많아졌는데, 제가 그토록 거부하려고 했었던 서양 전통음악을 흉내 내고 있다는 생각이 들기도 했어요. 그리고 다들 기존 악기를 연주하거나, 무대에 맥북을 들고 나가 소리를 내거나 둘 중 하나를 하고 있었는데, 좀 더 제 소리를 낼 수 있는 뭔가를 만들고 싶다는 생각을 하게 됐어요.

그러다 결정적인 계기가 됐던 것은 연극 〈휴먼 푸가〉 작업이었어요. 지금은 문을 닫은 남산예술센터에서 공연했는데, 제가 점유할 수 있는 공간이 작았어요. 딱 그랜드 피아노 한 대 정도밖에 들어갈 수 없는 상황이었는데, 피아노 건반만으로는 인간의 고통을 표현하기 어렵다는 판단이 들었어요. 그래서 프리페어드 피아노 기법을 시도하게 됐어요. 그 과정에서 프리페어드 기법을 잘 수행해낼 수 있는 구조의 악기를 만들고 싶다고 생각하게 된 거고요.

성수연 프리페어드 기법에 대해 잘 모르는 독자분들도 많으실 것 같은데 설명을 해주신다면?

김재훈 말 그대로 준비된, 미리 만들어진 음색들을 낸다고 해서 프리페어드Prepared 피아노 기법이라고 해요. 예를 들면 천, 나뭇조각, 너트, 볼트 등 여러 가지 사물들을 피아노 내부의 어떤 음향 구조에 끼워 넣거나 설치하거나 굴려놓거나 삽입해서 피아노가 원래 내는 음색이 아닌 다른 음색을 내게 하는 것이죠.

〈휴먼 푸가〉를 할 때, 저는 피아노 내부의 물성들이 직접적으로 내는 소리를 원했어요. 잘 조율된 열두 음의 건반만으로는 고통의 신음, 함성, 강한 쇠의 소리 같은 것들을 만들 수 없다고 생각했거든요. 오랫동안 피아노 내부에서 씨름하며 소리를 만들었어요. 그런데 연주할 때 허리가 너무 아픈 거예요

(웃음). 피아노는 앉아서 연주하도록 설계된 악기이지, 안에 들어가서 뜯으라고 만든 악기가 아니니까요. 공연 내내 프리페어드 기법을 잘 수행할 수 있는 구조를 가진 저만의 악기를 만들어보고 싶다는 생각이 구체화되더라고요. 그러다 좋은 기회를 통해 뉴욕에 리서치를 하러 다녀왔어요. 메트로폴리탄에 있는 인류 최초의 피아노를 보기도 했고, 모마 현대미술관에서 정말 크게 펼쳐놓은, 확장된 시각 작품들을 보기도 하면서 '새로운 피아노로 피아노를 확장해야겠다' 하는 아이디어가 떠올랐어요. 사실 피아노는 요즘 처량한 신세잖아요. 당근마켓에 5만 원, 무료 나눔으로 올라오기도 하고요. 주거 형태가 많이 바뀌면서 층간소음 문제로 피아노의 입지도 많이 바뀌었어요. 저는 피아노의 대이동이라고 생각하는데.

성수연 피아노의 대이동.

김재훈 우리나라에서 생산된 피아노들이 중국으로 많이 가고 있어요. 그리고 우리나라엔 영창, 삼익뿐 아니라 아리랑, 대우 등 군소브랜드 피아노들도 많았어요. 그때 여러 브랜드에서 기술을 익히셨던 분들이 많으니까 지금도 피아노를 고치실 수 있는 분들이 버려지는 피아노들을 수거하고, 고쳐서 중국에 파시는 거예요. 중국은 피아노 시장이 더 커지고 있거든요. 우리나라는 피아노가 점점 없어지는 추세이지만, 층간소음 걱정 없이 방음장치까지 다 해놓고 취미로 피아노를 할 수 있을 만큼 소득 수준이 높은 분들은 일본 브랜드를 구입하시는 경우가 많아요. 일본의 야마하, 가와이 피아노들은 한국으로 오고, 한국의 피아노들은 중국으로 가고. 이러한 피아노의 이동 흐름이 좀 보이더라고요.

이 피아노의 대이동 흐름, 저의 성장에서 떼어놓을 수 없는 피아노, 미국에서 본 좋은 작품들, 최초의 피아노, 한국 사회에 대한 저의 생각 등을, 저만의 악기를 만들고 싶었던 욕망과 엮어서 생각하면 한 편의 공연을 잘 만들어낼 수 있겠다는 생각이 들었어요.

1주제 반복 – 김재훈과 관객들의 피아노

―――――――――――――――――――――

성수연 저는 〈PNO〉를 보면서 피아노라는 악기가 시대를 말하기에 정말 좋은 사물, 혹은 개념이라고 생각했어요. 피아노를 통해 시대의 변화가 보이니까 재미있더라고요. 공연을 보고 피아노를 다시 치고 싶어서 동네에 있는 피아노 학원 한 군데에 전화를 해보았는데, 성인 레슨이 없었어요. 초등학생 때처럼 피아노 가방 들고 매일 학원에 가서 한 시간씩 치는, 그런 생활을 해보고 싶었는데(웃음). 본가에 피아노가 있지만 층간소음이 걱정돼요. 그 집에 초등학생 때부터 살았는데, 그땐 마음 놓고 쳤었거든요. 다른 집에서 들리는 피아노 소리가 싫지도 않았었고요. 집집마다 울리던 소나티네 1번(웃음). 끝까지 들어본 기억은 없지만(웃음).

김재훈 (웃음) 층간소음을 참아줄 수 있었던 공동체의 시대였지요. 공동육아의 느낌이 있는 시대이기도 했고요. 저희 어머니도 항상 누군가의 집에서 나는 피아노 소리를 들으시면서, "쟤가 저 부분 늘 틀리더니 이제야 다음으로 넘어갔네." 그런 말씀을 하셨거든요(웃음). 그런데 요즘은 피아노를 치는 일로

싸움이 일어나기도 하니까. 인식들이 많이 바뀌어서요.

성수연 맞아요. 공연을 보며, 어떤 면에서는 지금보다 좀 더 너그러웠던 때의 감각이 기억나더라고요. 아마 많은 관객분이 재훈 님의 피아노 이야기를 통해 본인이 살아온 시간 또한 떠올렸을 것 같아요. 예전에는 어린이의 대부분이 피아노를 배웠잖아요. 제 주변에도 초등학교 입학과 동시에 피아노를 배우는 친구들이 많았어요. 누구나 바이엘은 떼는 느낌.

김재훈 필수 교양 같은 공통의 악기. 누가 "나 체르니 40." 이러면 "우와!" 하면서 감탄하고(웃음).

성수연 공연에 피아노 학원 장면도 있었잖아요. 피아노 한 대 있는 작은 방에서 피아노를 치면서 선생님이 그려주신 동그라미 표시에 체크하고(웃음). 볼펜으로 탁탁 박자를 맞추시다가 틀리면······.

김재훈 손목을 탁 치시고(웃음).

성수연 맞아요(웃음). 답답해서 쿵쾅쿵쾅 치면 작은 창문으로 지켜보시던 선생님이 문을 열고 들어오시며 "수연이 피아노 치기 싫으니?" 하시고.

김재훈 배우님은 정말 피아노에 대한 찐득한 기억들을 갖고 계시는군요(웃음). 마지막 코다 장면에 저와 동료들이 많은 분들께 부탁드려서 받은, 어린 시절에 피아노 치는 사진들이 쭉 나오잖아요. 그 장면에서 우시는 분들이 많았다고 해요. 관객들을 울게 하려던 것은 아니었는데, 많은 분이 공통으로 갖고 있는 정서가 있었던 것 같아요. 요즘은 그때처럼 피아노를 많이 배우지는 않는대요. 그래서 이 공연이 저보다 훨씬 젊은 분들께는 공감을 못 받을 수도 있지 않을까 하는 생각도 했었어요.

성수연　어떤 식으로든 누구에게나 다가가지 않았을까요? 공연에 아주 오래전 피아노의 이야기도 나오잖아요. 저도 제가 태어나기 이전의 피아노를 떠올리게 되기도 했어요. 저희 엄마는 고향이 부산이신데, 한국전쟁 이전에 태어나셨어요. 서울에서 피난 온 음대생 언니가 치던 피아노 소리가 너무 좋아서, 매일같이 숨어서 그 연주를 듣곤 하셨다는 거예요. 음악을 정말 좋아하세요. 그래서 넉넉하지 않았음에도 불구하고 엄마 덕에 뒤늦게나마 피아노를 배우게 되었어요. 대단한 재능은 없었지만 피아노 치는 것을 좋아하는 편이었고, 한참 시간이 지난 후에 제 피아노를 갖게 됐어요. 그날은 제 인생에서 여러모로 아주 중요한 날이었기 때문에 저는 아직도 그 피아노를 갖고 있어요. 누가 달라고 해도 주지 않았고, 어머니께서도 자리 차지하니까 이제는 버리자고 하셨지만 절대 보낼 수 없더라고요.

김재훈 피아노를 운반하시는 분들 이야기를 들어보면, 어머니들께서 피아노를 팔거나 버리려고 운반사를 부르셨다가 막상 가져가려고 하면, 죄송하지만 출장비를 드릴 테니 그냥 가시라고, 내가 칠 줄은 모르지만 내 딸이, 내 아들이 치는 소리를 너무 좋아했는데 보내려니까 안 되겠다고 하시는 경우가 종종 있대요. 피아노는 단순히 악기나 가구가 아니라 어떤 기억의 덩어리인 것 같아요. 배우님, 휴지 좀 드릴까요?

성수연 (눈물)(웃음) 괜찮습니다. 제 피아노에는 누르면 나오지 않는 건반이 두 개 있어요. 조율사 선생님을 한 번 모셔야 하는데 "얘는 이제 가망이 없습니다. 보내시죠" 하는 소리를 들을까 봐 무서워서 모시지 못하고 있어요.

김재훈 그래도 '금손'을 가진 선생님들께서 한 번 봐주시면 확실히 좋아질 거예요. 피아노가 손이 많이 가죠. 주기적으로 관리를 해줘야 수명이 늘어나요. 피아노에는 확실히 수명이 있어요. 한 대의 업라이트 피아노는 한 사람의 음악가를 청년까지 키워주고 은퇴하여 버려진다는 말이 있어요. 그랜드 피아노는 더 길게, 거장이 될 때까지 버텨준다는 말이 있고요. 피아노들에는 기대수명이 있어요. 슬프지만 개와 고양이에게 어느 정도 기대할 수 있는 수명이 있는 것처럼요.

성수연 공연 중 영상에 나왔던, 피아노들이 떠나거나 폐기되기를 기다리고 있는 모습에 울컥했어요.

김재훈 수거된 피아노들이 모여 있는 장소는 마치 피아노의 공동묘지 같았어요. 사랑받다가 버려진 것들을 보는 일은, 그게 아무리 무생물이어도 슬픈 일이더라고요. 배우님의 피아노에도 그런 이야기들이 있듯, 피아노들이 갖고 있는 이야기들이 각각 다 다르잖아요. 이 피아노는 어디서 태어나서 어디로 갔다가 어디로 가서 버려지는가. 그것들을 한번 추적해 보고 싶었어요. 우리는 무대 위 피아니스트만 보지만 조율사, 운반사, 또 판매하고 수거하시는 분들이 없으면 피아노 공연은 할 수 없으니까요. 그분들 이야기를 담아보고 싶어서 취재했던 것이 공연에 도움이 많이 되기도 했고, 정말 좋았어요.

공연 중 영상에 나왔던 장소는 폐기될 피아노 수거를 전문으로 하는 곳이었어요. 원래는 굼벵이 양식을 하는 곳이었다고 해요. 그 비닐하우스 안에 최악의 상태에 있는 피아노들이 늘어져 있었는데, 함께 촬영을 가셨던 감독님에게도 저에게도 정말 몸으로 느껴지는 슬픔이 있었어요. '얘네들은 차게 식었구나. 손길을 받지 못해서.' 그곳에서 피아노 두 대를 데려왔어요.

그곳을 운영하시는 선생님과 대화를 하면서, 버려지거나 고쳐지는 피아노들에 대한 이야기를 공연으로 만들고자 하고,

선생님의 이야기도 공연에 담고 싶다고 말씀드렸는데, 이게 뭐 그리 대단한 일이냐며 부끄러워하셨어요. 그래도 이런 공연은 여태껏 없었고, 이런 피아노들이 무대에 올라가서 소리를 내게 될 거라고 말씀드리니까 당장 가져가서 잘 써달라고 하시는 거예요. 그래서 피아노 두 대를 운반비만 부담하고 받아왔어요. 그 피아노들이 PNO가 되었고요.

성수연 여기에 있는 이 피아노는 어떤 피아노인가요?

김재훈 이 피아노는 70년대생으로 저보다 나이가 훨씬 많아요. 굉장히 잘 만들어진 피아노예요. 폐기를 위해 수거된 피아노가 있는 곳이 아닌, 피아노의 대이동이라는 흐름 속에서 중국 수출을 위해 수거된 피아노들이 있는 곳에서 데려왔어요. 보통 피아노는 저음부를 쳐보면 상태를 빨리 알 수 있는데, 굉장히 좋은 소리를 가지고 있었어요. 이미 배를 타고 중국으로 가기로 결정된 피아노였지만, 마치 운명 같다는 생각이 들어서 여러 노력 끝에 제가 데려올 수 있었어요.

성수연 와, 야마하네요. 정말 피아노의 대이동이네요. 일본에서 한국으로 왔다가 중국으로 가려고 했는데, 이 장소로 오게 되었네요.

2주제 반복 – 김재훈과 동료들의 PNO

성수연 악기들을 자세히 봐도 될까요?

김재훈 네. 이것이 버려진 영창 피아노로 만든 업라이트 피엔오입니다. 제 브랜드를 붙였어요(웃음).

성수연 이 악기 연주하시는 장면 정말 멋있었어요. 악기에 대해 자세히 이야기해 주세요.

김재훈 우리가 지금 시대에, 버려진 피아노로 새로운 PNO라는 악기를 만들려면 무엇을 근거로 만들어야 할지 훌륭한 동료들과 토론을 많이 했어요. 이 공연은 '피아노는 반주악기이자, 합주악기이자, 사람들이 모이는 어떤 공간이다'라고 생각하며 만든 공연이에요. 저는 조성진, 임윤찬과 같은 초일류 피아니스트들의 연주를 정말 정말 사랑해요. 그런데 또 한편으로는 제 주변에도 많이 있는, 사람들이 잘 모르는 피아니스트들도 생각하게 돼요. 피아노가 자꾸 버려지지 않으려면 사람들이 많이 쳐야 하는데, 이 일을 통해 초일류가 되거나 유명해지는 사람들은 극소수이고, 이런 구조 안에서 갈 곳이 없어지는 사람들도 있거든요. 그래서 새로운 PNO를 만들면서 이 악기는 반주악기, 합주악기여야 한다고 생각했어요. 혼자 달려서 무조건 우승해야 하는 그런 악기가 아니라, 사람들과 함께 연주할 수 있는 악기여야 한다고. 어린 시절에 제 동생은 바이올린을 배웠는데, 동생이 '마법의 성' 멜로디를 연주하기 시작하면 제가 피아노로 반주를 넣다가 갑자기 코믹하게 바꾸며 놀던 기억이 있어요.

성수연   '피구왕 통키'는 새드 버전으로, '마법의 성'은 코믹 버전으로.

김재훈   네. 동생이 "오빠, 뭐야!" 그러고(웃음). 가끔 제가 '섬집 아기'를 치면 저쪽에서 듣고 계시던 어머니가 노래를 부르기도 하셨어요. 목소리가 꽤 고우세요. 저는 가정에 있는 피아노란 그런 존재라고 생각해요. 반주를 하고, 합주를 하고. 그래서 보시는 것처럼 한 대의 피아노를 분리하여 여러 사람이 함께 연주할 수 있도록 만들었어요. 피아노는 사람이 모일 수 있는 공간이라고, 단순히 악기인 것이 아니라 하나의 플랫폼이라고 주장한 것이죠. 2층짜리 구조물이었던 그랜드 피엔오를 무대에 세움으로써 그 생각을 더 구현했어요. 관객과의 대화 때, 어떤 분께서 '저 구조물에 대한 설명을 부탁드린다'고 하셨을 때, 일단 층간소음만은 없는 곳이라고 말씀드리기도 했어요(웃음). 층간소음을 참아줄 수 있었던 공동체의 시대를 그리며, 사람들이 모여서 함께 연주할 수 있는 플랫폼으로서의 악기를 만들고 싶었어요.

또 한 가지, 백건에 대한 이야기를 하고 싶었어요. 예전에는 백건을 코끼리의 상아로 만들었대요. 한때는 상아가 없는 코끼리가 우세종이 될 정도로, 많은 코끼리들을 상아 때문에 죽였다고 해요. 그래서 업라이트 피엔오를 구성하는 악기들 중 하나로는 코끼리의 고통을 말하고 싶었어요. 아까 말씀드렸던 프리페어드 기법을 사용해서요. 모든 악기가 다 프리페어드 기법을 수행하기 좋은 형태로 만들어져 있지만, 이 악기는 특히 코끼리의 울음소리를 잘 표현하고 싶다는 생각으로 만들었어요. 이렇게 스피커를 연결해서 들으면, 너무 직접적이라는 생각마저 들 정도로 고통스러운 소리가 나요.

성수연　이렇게 가까이에서 보니까 악기의 모양에서도 코끼리가 연상돼요.

김재훈　그래서 '엘리펀트 첼로'라고 이름 붙였어요. 그리고 여기 보이는 이것은 '핸드스탠딩 라이언', 물구나무선 사자입니다. 피아노 다리의 이 문양은 제가 어릴 때 치던 피아노에도 있었는데, 사실 동물을 박물하는 장식이잖아요. 그런 문화를 비판하고 싶다는 생각이 들어서 거꾸로 세웠어요. 공연 때는 이 위에 피아노에서 떼어낸 흑건들을 달아놨었는데, 여기에서 백건을 사용하지 않겠다는 말이기도 했어요.

성수연 정말 멋진 주장이고 선언이었네요.

김재훈 거꾸로 연주하게 만들어 놓은 것도 일종의 반항이었어요(웃음). 코끼리들의 고통, 박물된 동물들…… 이런 식으로 서양 음악사에 누적되어 있는 잘못된 선택들을 거슬러 올라가고 싶다는 생각으로요. 그리고 안쪽으로 들어가서 연주할 수 있게끔 만들어 놓아서, 프리페어드 기법을 수행하기에 용이해요. 〈휴먼 푸가〉때, 허리가 아팠던 것이 이런 결과로 나왔네요(웃음).

성수연 (웃음) 저 한 번 눌러봐도 돼요?

김재훈 그럼요.

성수연 (눌러본다) 우와. 이런 소리가 나다니. 프리페어드 기법이 이런 것이군요.

김재훈 네. 각도를 틀어보기도 하고, 여러 물질들을 넣어보기도 하면서 원하는 소리를 만들어내는 거죠. 소리 하나하나 모두 피아노가 낼 수 없을 것 같은 소리들이 나게 만들었어요.

성수연 실제로 보니까 쉽게 이해가 되네요.

김재훈 마지막으로 이 악기는 우리가 재미있는 상상을 하며 만든 악기예요. 처음 한반도에 피아노와 피아노 의자가 세트로 도착했을 때, 어쩌면 사람들이 이 의자 또한 악기라고 생각했을지도 모른다고 상상해 봤어요. 양현모 타악기 연주자가, 어쩌면 사람들이 다듬이 두드리듯 두드리며 소리를 내보았을지도 모른다는 아이디어를 냈고, 그래서 이 악기의 연주 장면을 만들었어요(웃음). 여기에 있는 거북이 등껍질 모양처럼 갈라진 부분은 음정을 구분하는 기능을 해요. 이런 식으로 음정을 만드는 아프리카 타악기가 있어요.

한 대의 피아노가 거북이 의자, 코끼리 첼로, 물구나무선 사자, 이렇게 세 개로 분리되었어요. 세 동물이 변신 합체 로봇처럼 각자도, 함께도 연주할 수 있게끔. 타악기, 현악기, 건반 악기 이렇게 세 악기가 모여서 업라이트 피엔오가 된 것이죠.

성수연 그 연주 장면, 정말 정말 좋았어요. 다시 듣고 싶어요.

김재훈 음원으로 나와 있습니다(웃음).

성수연 독주 악기라고 생각했던 한 악기가 분리되어 합주 악기가 된다는 사실만으로도 멋진데, 각각의 악기에 담겨 있는 생각들이 정말 멋져요. 연주를 통해, 공연의 흐름을 통해 그 생각들이 다 전달되었고요.

김재훈 저도 돌이켜보면 좋은 과정을 거친 작업이었던 것 같아요. 저만의 생각이 아니라 여러 훌륭한 동료들의 의견들이 반영됐고요.

전개부 (자유로운 변형들)

전개부1 - 음악하는 사람의 연극, 연극하는 사람의 음악

성수연 클래식으로 음악을 시작하셨지만 지금은 연극작업도 하시고, 밴드 활동도 하시는데, '불나방스타쏘세지클럽'의 멤버이기도 하시지요.

김재훈 진작에 없어졌어도 이상하지 않을 만큼 아주 오래된 밴드예요(웃음). 리더분이 아주 현명하셔서, 서로 간에 적당한 거리두기를 하고 있어요. 그래서 아직도 해체하지 않을 수 있는 것 같아요. 아주 가끔 모여 공연을 하지만, 계속 음악을 할 수 있게 해주는 동료들이지요.

성수연 그 밴드는 어떻게 시작하시게 되었나요?

김재훈 아까 제가 음대를 다니다가 '이게 무슨 의미가 있을까?'라는 생각에 홍대 앞으로 가게 되었다고 말씀드렸잖아요. 아, 그런데 나중에 생각하니까 의미가 있더라고요(웃음).

확실히 자기 공연을 해보고, 자기 공연의 얕음을 느끼고 나서 학교로 돌아가 다시 수업을 들어보면 당시엔 중요하게 느끼지 못했던 것들의 깊이를 느끼게 되기도 하더라고요.

어쨌든 홍대 앞에 갔고, 정말 작은 클럽에 갔어요. '헤비메탈을 하고 나서 바흐를 연주하는 희한한 공간이 있다'는 말을 듣고 찾아간 건데, 저는 그 공간을 참 좋아했어요.

성수연 살롱 바다비 맞지요? 저도 한때 공연 보러 자주 갔어요.

김재훈 와! 정말요? 바다비 아시는 분들 많지 않던데. 거기 있던 피아노도 제가 기부한 거였어요. 정말 좋아하는 공간이었는데, 젠트리피케이션이 참 속상하죠. 그 공간에서 참 많이 배웠어요. 예를 들면 저는 당시 실수에 익숙하지 않았어요. 클래식은 사실 실수가 잘 용납되지 않는 분야이기도 하고요. 그런데 더 중요한 것은 무대에서 실수를 하고 안 하고의 문제가 아니라, 어떤 태도로 어떤 말을 하고자 하는지가 더 중요할 수도 있다는 것을 알게 됐어요.

그때 만난 동료들과 밴드를 하게 된 것인데, 처음엔 '돈 주고 음악 배운 애는 안 쓴다'고 얘기해서 정말 웃겼어요. 물론 농담이었고요. 당시엔 거기 피아노가 없었으니까 피아노 대신 멜로디언을 불게 됐어요. 나름 제가 할 수 있는 건반악기를 재미있게 연주했었다고 생각해요. 콧수염을 붙이고 선글라스를 끼고 익명성이 보장되는 것도 좋았고요(웃음).

만약 홍대 앞에 가지 않았더라면, 저는 아직도 공허한 메아리와 같은 음악 작품들을 쓰거나, 혹은 아예 음악을 하지 않았을지도 모른다는 생각이 들어요. 여러 아티스트를 보고, 함께 이야기를 나누며 제가 갖고 있던 고정관념들을 깰 수 있었어요. 음악이 이야기해야 할 많은 것들이 있다는 점을 홍대에서 배웠어요.

성수연 살롱 바다비에서 한창 공연을 많이 볼 때, 저는 무대 위에서 배우가 어떤 방식으로 존재할 수 있는지 고민하던 시기였어요. 재훈 님이 클래식을 전공하신 것처럼, 저도 학교에서 클래식, 그러니까 고전을 많이 다뤘고, 전통적인 방식의 드라마 연극에서의 인물연기를 주로 배웠거든요. 그런데 졸업 이후 다양한 형식의 작품을 하면서 드라마 연극이 아닌 연극에서 대체 배우는 무엇을 붙잡고 연기해야 하는지 고민하게 됐어요. 그러다 문득 악기 연주자들의 상태를 눈여겨보게 되었어요. 특히 살롱 바다비에서는 연주자들을 정말 눈앞에서 볼 수 있잖아요.

김재훈 (웃음) 네. 그렇죠.

성수연 그때 어떤 연주자들의 상태가 바로 제가 지향하는 어떤 연기의 상태인 것 같다고 생각했었어요. 나의 집중을 내 안이 아니라 내 밖으로 보내고, 내가 만나는 것들에 집중하고, 내가 다루는 것들에 집중하고, 감정보다는 정확한 대상에 집중함으로써 감정이 발생하거나 사라질 자리를 열어두는 일. 이런 일들이 바로 연주자들이 악기에게 하고 있는 일처럼 보이더라고요.

그 모습을 보는 것이 좋았어요. 내 악기, 내가 내고 있는 소리, 다른 사람이 내고 있는 소리, 전체의 흐름 등 외부의 다양한 대상들에 집중하면서, 자신의 기술을 수행하는. 어떤 연주자들은 기도하는 사람처럼 보이기도 하고, 명상하는 사람처럼 보이기도 했어요.

김재훈 악기 연주라는 것은 누적된 시간이 만들어내는 신체 동작들이잖아요. 악기 연주를 연기라고 말해본다면, 그게 어떤 연기일지는 모르겠지만, 인식하지 못하는 상태에서 배우 자신에게 최적화된 움직임이 발휘되고, 완전히 물아일체가 되기도 하는, 그런 연기인 것 같아요. 그래서 가끔 음악 공연에 연주 행위 외에 다른 것들이 왜 필요하냐고 하시는 보수적인 선생님들의 말씀도 저는 이해가 돼요. 연주 행위 자체에 사실 볼 것들이 이미 정말 많거든요.

성수연 맞아요. 〈PNO〉에서 PNO를 연주하실 때, 재훈 님께서 연주하시는 그 상태, 연주 행위 자체를 보는 것이 정말 즐거웠어요. 오랜만에 살롱 바다비에서 봤던, 특정 악기를 아주 오랫동안 다뤄온 사람들에게서 볼 수 있는 특별한 순간을 봤어요. 저도 배우로서 마치 음악을 하듯 연기하고 싶은데 뭘 어떻게 해야 그럴 수 있을지(웃음).

김재훈 이미 잘하고 계신 것 같은데요. 예전에 배우님이 하신 연극 〈나와 세일러문의 지하철 여행〉을 봤어요. 한국과 홍콩과 일본의 배우들이, 어떻게 보면 각각 다른 악기들이 만나서 앙상블을 이루며 다양한 방식으로 연주를 한다고 생각했어요. 연극은 소재와 형식을 바꿔가면서 매번 다른 방법론으로 접근할 수 있다는 점이 자유롭게 느껴졌어요. 그 공연을 보고 행복한 마음으로 남산길을 걸어 내려오며, 꼭 저 극장에서 저런 작업 한번 올려봤으면 좋겠다고 생각했어요. 남산예술센터라는 극장도 정말 좋았거든요. 거의 곧바로 〈휴먼 푸가〉를 하면서 들어가게 되었지요. 결국 제가 극장 문을 닫고 나온 마지막 배우가 되었지만요.

성수연 〈휴먼 푸가〉를 비롯한 연극작업은 어떻게 처음 시작하게 되셨나요?

김재훈 아르코에서 주관하는 기획자 프로그램을 들은 적이 있어요. 그때 만난 기획자님 덕에 공연창작집단 '뛰다'의 작품들에 음악감독으로 참여하며, 연극작업을 시작하게 되었어요. 그 기획자 프로그램에서 저의 프로젝트를 실행하며 배운 것들도 이후의 작업에 큰 영향을 미쳤고요.

성수연　어떤 프로젝트를 하셨나요?

김재훈　〈첩첩산중〉이라는 레지던시 프로젝트였어요. 저는 산을 굉장히 좋아해요. 여러 산을 타면서, 산과 아트 프로젝트를 결합해 보면 좋겠다는 생각을 하게 되어 만든 프로젝트인데, 평창 올림픽이라는 메가 이벤트와 연결이 되었고, 15개국 20명의 아티스트를 초청해서 레지던시를 진행하는 역할을 맡게 되었죠. 그 프로젝트를 하며 정말 많이 배웠어요. 몽골에서 온 마두금 연주자, 이스라엘에서 온 재즈 베이시스트, 아르헨티나에서 온 탱고 기타리스트, 한국의 피리 연주자 등 다양한 사람들이 모여 합주를 하는 쇼케이스 공연을 할 일이 있었는데, 최대한 미니멀해져야 다 같이 연주를 할 수 있더라고요. 앙상블이 복잡해져 버리면 각자의 음률들이 다 달라서 섞일 수가 없는 거예요. 마치 댄스 플로우를 깔 듯, 제가 단순하고 미니멀한 구조만 써서 내놓았더니 다들 멋있게 들어올 수 있는 판이 열렸어요.

성수연　멋진 이야기네요.

김재훈　그전에는 선율을 쓸 때도 후크처럼 확 마음을 사로잡을 수 있는 선율들을 쓰고, '음악으로 잘 되고 싶어'라는 욕심이 꽁꽁 숨겨진 선율들을 썼던 것 같은데(웃음), 그렇게 하지 않아야 좀 더 넓게 좀 더 많은 것들을 이야기할 수 있다고 생각하게 됐어요. 사람들에게 매력적으로 느껴지는 것을 만들려는 마음을 비워내니 더 많은 이야기가 들어온 거죠. 연극에서 음악 작업을 하면서도 많이 배웠어요. '더 비워야 된다, 나 자신을 더 없애야 오히려 다른 사람들이 더 뛰어놀 수 있다'는 생각을 하게 됐어요. 공연창작집단 '뛰다'에서는 배우들과 연습도 많이 하고 즉흥도 많이 하는데, 즉흥을 할 때 보니 제가 음으로 화려한 춤을 출수록 손해더라고요. 더 내려놓고 더 단순하게 할 때 더 멋있다는 것을 배웠어요.

그 시기에 제 이름으로 낸 1집의 제목을 〈ACCOMPANI-MENT〉라고 붙였어요. 피아노 독주 앨범인데, 앨범의 제목은 '반주'라는 뜻이잖아요. '옆에 있는 소리들에 반주하는 태도로 음악을 만들어 갈게요'라는 다짐 같은 제목이었어요.

성수연 옆에 있는 것들에 반주하는 태도로 음악을 만들어 간다, 정말 아름다운 생각이에요.

저는 사실 합주욕이 있어요(웃음). 악기 하나 잘 다루게 되어 누군가와 합주하고 싶은 욕망. 잘하든 못하든 합주에서만 느낄 수 있는 희열이 있는 것 같아요. 연기를 할 때도 '앙상블'에 정확히 포커스를 맞추어 이야기하거나 움직이는 순간을 좋아해요. 합주욕이죠(웃음). 재훈 님의 표현을 빌려오자면 옆에 있는 것들에 반주하는 태도로 연기하는 것이요. 현실적으로 그것이 늘 잘 될 수는 없지만요.

김재훈 그게 어려운 작품도 있겠지만, 가능한 작품도 있을 것 같아요. 가능하지 않을까요?

성수연 네. 가능할 것 같아요. 힘내보겠습니다(웃음). 저는 가끔 연기할 때, 제가 실연하고 있는 부분을 악보라고 생각하면서 얘기할 때가 있어요. '이 연기를 악보로 그려본다면', '이 부분을 악보라고 생각해 본다면'이라는 표현도 많이 썼고요. 한 번은 오선지를 사서 악보를 그려보다가 포기했어요(웃음). 라벨의 '볼레로'를 좋아해서, 그런 형식의 장면을 만들고 싶었거든요.

김재훈 정말 재미있는데요. 저는 지금 어떻게 그려야 할지 아이디어가 생각났어요. 제가 나중에 몇 가지 방법들을 말씀드려 볼게요. 한 시간이면 끝나요.

전개부2 - 피아노 연주

성수연 (쿨라우 소나티네 op.20. No.1 첫 6마디를 연주한다.)

김재훈 (뒷부분을 이어서 연주한다.)

성수연 (모차르트 피아노 소나타 No.16 첫 4마디를 연주한다. 이어서 류이치 사카모토 'Merry Christmas Mr. Lawrence' 첫 4마디를 연주한다.)

김재훈 (박수.)

김재훈 ('36' 전곡을 연주한다.)

 전 곡 듣기

성수연 (큰 박수와 환호.)

재현부

1주제 – 김재훈의 피아노 36

————————————

성수연 이런 멋진 연주를 라이브로 들을 수 있다니. 숨소리도 음악의 일부 같았어요. 정말 감격스럽습니다. 이 곡에 대한 이야기를 듣고 싶어요.

김재훈 제가 층간소음에 한이 맺혀서, 대학교에 입학하자마자 지하 작업실을 얻었어요. 춥고 난로도 없었지만, 피아노를 밤늦게까지 원 없이 크게 칠 수 있었던 것이 좋았어요. 그런데 사람이 지하에 너무 오래 있으면 아프잖아요. 밤인지 낮인지 시간 감각도 없어지고요. 어느 날 몸살 기운이 있어서 작업실에서 앓다가 간신히 밖에 나갔는데, 하얗게 폭설이 내리고 있었어요. 정말 아름다웠어요. 뭔가 가슴이 이렇게, 서럽기도 하고, 이 아름다운 풍경을 말하고 싶고, 제 상황을 말하고 싶고, 울컥하고. 그 길로 작업실로 내려가서 막 치기 시작했어요. 그렇게 쓴 '폭설'이라는 곡을 리코딩해서 앨범으로 발표까지 했는데, 너무 아쉬웠어요. 그 뭔가 애타는, 애타는 감정이 표현이 잘 안 된 것 같았어요. 그 후 13년 동안 이 곡을 편곡했어요. 앨범 낸 후에도 몇 번을 다시 편곡하고, 군대에서 제설 작업 지휘하면서도 다시 쳐보고. 악보 에디션이 몇십 개가 있어요.

원래는 이런 버전이었어요. (연주) 이런 식으로 폭설을 표현했어요. (연주) 그러다가 아까 말씀드렸던 첩첩산중 프로젝트도 하고, 〈PNO〉 작업도 준비하면서 어떻게 하면 더 버리고 비워낼 수 있을지를 계속 고민하다 보니, 오히려 아주 큰 눈덩이가 만들어지더라고요. 맨 처음 버전에서는 눈송이들을 다 표현하고, 눈송이들을 진짜 굴리듯이 다 굴려서 표현했는데, 들으면 들을수록 왜 이렇게 눈덩이가 안 만들어지나 싶은 거예요. 그런 표현들을 다 버리고, 제가 눈덩이를 굴려온 과정을 쌓듯 천천히 음을 쌓아가니까 (연주) 큰 눈덩이를 만들 수 있었어요. 비워놓고 시작해야 저의 진짜 이야기들이 다 들어오게 되더라고요.

성수연 비워놓고 시작해야 진짜 이야기가 들어온다.

김재훈 13년 동안 편곡한 곡이니 제목을 '13'이라고 붙인 후, 마무리를 짓기로 결심하고 마지막 편곡 작업을 시작했는데, 이게 웬걸, 13년을 붙들고 있던 것이 2주 만에 끝나더라고요. 비워놓고 시작하니까 작업이 정말 잘 되고, 하고 싶은 이야기도 다 들어갔어요. 결국 36세에 완성했다는 의미에서 '36'이라고 제목을 붙였어요. 그리고 저음부 건반이 더 있는 뵈젠도르퍼 피아노가 있는 스튜디오를 찾아서 녹음했어요. 곡 말미에 아주 둔중한 '꿍' 소리가 나는데 지금 이 피아노로는 할 수가 없어요. 그 '꿍' 소리를 꼭 내고 싶었어요. 거의 음정처럼 느껴지지도 않는 저음인데, 그 음을 꼭 내고 싶었거든요.

성수연 13년 동안 편곡했다는 사실도 놀라운데, 편곡의 방향이 재훈 님의 삶에 따른 생각의 변화를 닮아 왔다는 사실도 아름답네요. 곡 자체도 정말 아름답고요.

김재훈 이 곡은 저에게 애틋해요. 제 청년기 내내 저에게 붙어서 함께 살았던 곡이에요. 수없이 많이 편곡했거든요. 쇼팽 스타일로 만들어보기도 하고, 또 다른 스타일로 만들어보기도 하고, 대체 이 곡의 끝은 어디인가 싶었어요. 녹음한 버전도 꽤 많아요. 제 스타일이나 생각의 변화를 들어볼 수 있으니 저도 재미있더라고요. 너무 듣기 싫기도 하고(웃음). "뭐야, 이건 너무 빠르잖아", "이때는 대체 무슨 생각을 했던 거야?", "스타가 되고 싶었던 거야?" (웃음).

2주제 - 김재훈의 PNO- 에 대한, 와 함께

성수연 〈PNO〉의 부제가 '철과 나무, 연쇄와 해체의 소나타' 이고 공연의 구조도 음악의 소나타 형식을 차용하여 만드셨지요.

김재훈 저는 '과거로부터 유일하게 가져올 수 있는 위대한 유산은 형식'이라는 말을 굉장히 좋아해요. 존 케이지가 한 말이에요. 저는 앞으로도 공연을 계속 만들게 된다면 이렇게 음악 형식을 빌려서 만들어보고 싶어요. 단단한 구조의 공연에서, 한 곡 안에 제 이야기를 잘 담아보고 싶은 마음이 있었거든요. 론도 형식도 재미있을 것 같아요. 계속 반복되니까요. 아까 배우님이 말씀하신 볼레로 형식도 재미있을 것 같고요.

성수연 이번엔 왜 소나타였는지 궁금합니다.

김재훈 아까 배우님도 잠깐 치셨지만, 우리가 어린 시절에 소나타를 많이 치기도 하고, 사람들이 가장 듣기 좋아하는 이야기의 원형이 사실 소나타 구조라고 생각해요. 집을 떠났다가 여러 경험을 하고 다시 집으로 돌아오는 일종의 영웅서사 구조거든요. 제시했다가 발전했다가 다시 돌아오는 구조. 저는 그것을 살짝 비틀어서, 피아노로 시작했다가, 피아노의 시간 여행을 했다가, 다시 피아노가 아닌 PNO로 돌아오게 되는 형식을 해보고자 했어요.

성수연 다음 작업은 어떤 형식일지 궁금해요. 다음 작업도 계획하고 계시지요?

김재훈 네. 아시아문화전당의 레지던시 작업을 해요. 이번에는 제 이야기가 아닌 다른 사람들의 이야기를 하는데요. 이미 주어진 이야기들 중 제가 선택을 해서 작품을 만들어야 하는데, 제가 꼭 다뤄보고 싶은 이야기들이 있어서 선택했어요. 아마 11월쯤 하게 될 것 같아요.

성수연 음악 자체를 이야기하는 공연은 더 하실 계획이 없으세요?

김재훈 사실 〈PNO〉에 제가 음악을 해왔던 이야기를 많이 넣어서, 후련한 느낌이에요. '나는 이 정도로 피아노를 사랑했어요'라고, 제가 가지고 있는 악기와 음악에 대한 이야기는 다 한 것 같아요. 전에는 피아노만 바라보면, 마음 한쪽에 업라이트 피아니스트에 대한 이야기, 반주에 대한 이야기를 하고 싶다는 생각이 계속 올라왔거든요. 그 이야기들을 쏟아 내고 나니까 이제 다른 이야기들을 하고 싶어요. 피아노와

PNO에 대한 이야기를 마쳤으니, 이제 피아노와 PNO와 함께 다른 이야기를 재밌게 할 수 있지 않을까 생각해요.

피아노에 관한 생각

초판 1쇄 인쇄 2024년 10월 05일
초판 1쇄 발행 2024년 10월 15일

지은이 김재훈
펴낸이 전지운
펴낸곳 책밥상
디자인 즐거운생활
등록 제 406-2018-000080호 (2018년 7월 4일)
주소 서울시 은평구 녹번동 79-39 다원오피스 301호
전화 02-6339-9314 / 010-8922-2446
이메일 woony500@gmail.com
블로그 https://blog.naver.com/woony500
인스타그램 https://instagram.com/booktable1

ISBN 979-11-91749-29-8 03810 ©2024 김재훈